코비가
묻고
퇴계가
답하다

코비가 묻고 퇴계가 답하다

퇴계의 성학십도와 AI시대의 리더십

이재현 AI리더십센터 원장

AI시대의 리더십과 인간 중심 가치의 재발견

1. 책의 목적과 목표

1-1 AI시대의 리더십 재조명

AI의 급격한 발전은 우리의 일상, 산업, 경제, 그리고 인간관계에 혁신적인 변화를 가져오고 있습니다. 이는 새로운 기회를 제공하는 동시에 기존의 리더십 패러다임을 다시 생각하게 만드는 도전과 과제를 던지고 있습니다.

기술 중심의 사고방식은 효율성과 생산성을 극대화하는 데 기여하지만 인간의 본질적인 가치와 도덕적 판단이 간과될 위험도 존재합니다. 이제 우리는 AI시대에 걸맞은 리더십 모델을 고민하고 리더십의 본질을 다시금 되새길 필요가 있습니다.

이 책은 AI시대가 던지는 과제 속에서 '인간 중심 리더십'을 다시 조명하며 기술과 인간이 조화롭게 공존할 수 있는 방향을 탐색합니다. 독자들은 이를 통해 변하지 않는 가치와 원칙을 기반으로 효과적인 리더십을 발휘하는 통찰을 얻을 수 있을 것입니다.

AI가 가져오는 사회적, 윤리적, 경제적 변화에 대한 이해는 새로운 시대의 리더가 갖춰야 할 기본 전제입니다. 나아가 인간의 존엄성과 가치를 지키는 원칙을 재정립하고, 변화하는 환경에 적합한 리더십 방향을 모색해야 합니다.

1-2 퇴계 철학과 스티븐 코비 리더십의 융합

이 책은 동양과 서양을 대표하는 사상가, 퇴계 이황과 스티븐 코비의 지혜를 융합하여 AI시대에 적합한 리더십 모델을 제시합니다.

퇴계는 조선 시대의 성리학자로서 도덕적 수양과 사회적 책임의 중요성을 강조하며 『성학십도』를 통해 윤리적 리더십의 방향을 제시했습니다. 코비는 『성공하는 사람들의 7가지 습관』을 통해 원칙 중심의 리더십과 지속적인 성장의 중요성을 말하며 현대 리더십에 큰 영향을 미쳤습니다.

이 두 사상은 시대와 문화를 뛰어넘어 인간 본질과 도덕적 원칙에 대한 깊은 통찰을 공유합니다. 퇴계의 철학은 도덕적 수양과 내면의 수련을 강조하고 코비의 리더십은 자기 인식과 자기 관리에 초점을 맞추고 있습니다. 이들의 공통된 핵심 가치는 '지행합일知行合一' 즉 아는 것과 실천하는 것이 일치해야 한다는 점입니다. 이는 AI시대에 필요한 실천적 리더십과도 맞닿아 있습니다.

이 책은 두 사상의 융합을 통해, 변화하는 시대 속에서도 인간 중심의 리더십을 실천하는 구체적인 방향을 제시합니다. 독자들은 이를 통해 전통과 현대의 지혜를 바탕으로, 변화하는 환경에서도 흔들리지 않는 리더십을 발휘할 수 있는 방법을 배울 수 있을 것입니다.

2. 퇴계 이황과 성학십도

2-1 퇴계의 생애와 철학적 업적

퇴계 이황(1501~1570)은 조선 중기를 대표하는 성리학자로, 한국 철학사에 깊은 영향을 남긴 인물입니다. 그의 호인 '퇴계'는 경북 안동의 퇴계 마을에서 유래했으며 이는 자연과 조화를 이루는 삶을 상징합니다.

퇴계는 어린 시절부터 학문적 재능을 보였으며 34세에 문과에 급제하여 관직에 올랐습니다. 그러나 그는 벼슬에 연연하기보다 학문 연구와 후학 양성에 더 큰 가치를 두었습니다. 여러 차례 관직을 사임하고 고향으로 돌아가 도산서원을 설립, 제자들을 교육하며 학문에 전념하였습니다.

그의 철학은 주자학을 바탕으로 하지만 단순한 계승이 아닌 독창적인 해석을 가미했습니다. 인간 본성을 '이理'와 현실적 요소인 '기氣'로 나누어 조화롭게 이해하려 했으며 특히 마음의 수양과 도덕적 실천을 강조했습니다. 그는 『성학십도』, 『퇴계집』, 『도산서원문집』 등의 저서를 통해 도덕적 인간 형성과 사회적 책임의 중요성을 설파했습니다.

이황은 기대승과의 '사단칠정 논변'을 통해 인간의 감정과 본성에 대한 깊이 있는 성찰을 남겼으며 그의 제자들은 조선 후기 학문과 정치의 중요한 흐름을 형성했습니다. 퇴계의 철학은 이론을 넘어 실제 삶 속에서 실천해야 할 가치로 오늘날까지 윤리적 리더십의 모델로 평가받고 있습니다.

2-2 성학십도의 의의와 역사적 배경

성학십도聖學十圖는 퇴계가 1568년 68세의 나이에 당시 17세였던 선조 임금에게 바친 책으로, 성리학의 핵심 사상을 열 가지 도식과 해설로 정리한 저서입니다. '성학聖學'은 성인의 학문, 즉 도덕적 완성을 위한 학문을 의미하며 '십도十圖'는 열 개의 그림과 그에 대한 설명으로 구성되어 있습니다.

성학십도의 구성과 내용

태극도太極圖 : 우주의 근원과 인간의 본성에 대한 도식

서명西銘 : 인간의 천부적 소명과 도덕적 책임에 대한 글

소학小學 : 기초적인 윤리교육과 수양 방법

대학大學 : 성인의 학문으로 나아가는 교육 프로그램

백록동규白鹿洞規 : 지식의 실천과 학문의 규범

심통성정도心統性情圖 : 마음의 본질과 감정의 역동성

인설仁說 : 인仁의 개념과 인간의 도덕적 성장

심학心學 : 마음의 수련과 도덕적 완성

경재잠敬齋箴 : 경건함과 집중력의 중요성

퇴계가 『성학십도』를 집필한 배경에는 당시 조선 사회의 정치적 혼란과 도덕적 해이가 있었습니다. 그는 젊은 임금인 선조에게 성군 聖君이 되기 위한 가르침을 전하고자 했으며 이를 위해 성리학의 핵심 개념을 쉽게 이해할 수 있도록 열 가지 도식으로 정리했습니다.

이 책은 학문적 저술을 넘어 국가와 사회를 이끌 지도자에게 필요한 원칙과 실천 방법을 담고 있습니다. 개인의 수양이 곧 국가의 안정으로 이어진다는 점을 강조하며 도덕적 성장과 사회적 책임의 중요성을 일깨웁니다. 지식과 실천이 일치해야 한다는 '지행합일知行合一'의 원칙을 강조하며 이론적 학문을 실생활에 적용하는 실천적 철학으로 자리 잡았습니다.

조선 유학자들에게 큰 영향을 미친 '성학십도'는 오늘날에도 윤리적 리더십과 도덕적 판단의 기준으로 활용되며 현대사회에서도 깊은 통찰과 가르침을 제공합니다.

3. 스티븐 코비와 원칙중심의 리더십

스티븐 R. 코비(1932~2012)는 현대 리더십과 자기계발 분야에서 큰 영향을 미친 교육자이자 작가입니다. 그는 인간의 내적 잠재력과 원칙 중심의 삶을 강조하며 개인과 조직이 성장할 수 있도록 실용적인 리더십 모델을 제시했습니다.

그의 대표적인 철학은 '원칙 중심 리더십Principle-Centered Leadership' 입니다. 이는 변하지 않는 자연법칙과 보편적 원칙을 삶과 조직 운영의 중심에 두어야 한다는 개념으로, 일시적인 유행이나 상황에 따라 변하는 가치가 아니라 시대를 초월하는 근본 원칙을 기반으로 리더십을 구축해야 함을 강조합니다.

그의 대표 저서인 『성공하는 사람들의 7가지 습관The 7 Habits of Highly Effective People』은 1989년 출간 이후 4천만 부 이상 판매되며 자기계발서의 고전으로 자리 잡았습니다. 이 책에서 그는 개인과 조직이 효과성을 높이기 위해 실천해야 할 7가지 습관을 제시합니다.

7가지 습관

주도적이 되라 : 자신의 삶에 대한 책임을 지고 능동적으로 행동하라.

끝을 생각하며 시작하라 : 명확한 목표와 비전을 가지고 행동하라.

소중한 것을 먼저 하라 : 우선순위를 설정하고 중요한 일에 집중하라.

승-승을 생각하라 : 상호 이익을 추구하는 태도를 갖추라.

먼저 이해하고 다음에 이해시켜라 : 경청을 통해 상대방을 이해하고 소통하라.

시너지를 내라 : 협력을 통해 창의적이고 혁신적인 결과를 도출하라.

끊임없이 쇄신하라 : 지속적인 자기계발과 균형 잡힌 삶을 추구
하라.

이 7가지 습관은 개인의 성장뿐만 아니라 대인관계, 조직문화, 협
력과 혁신을 포괄하며 진정한 성공과 효과성을 이루기 위한 핵심
원칙을 담고 있습니다.

스티븐 코비는 리더십을 신뢰와 협력을 기반으로 구성원의 잠재
력을 이끌어내는 과정으로 정의했습니다. 그는 승-승 사고방식을
통해 경쟁보다는 협력을 강조하고 조직 내 신뢰와 소통을 강화해야
한다고 주장했습니다.

지속적인 자기계발과 균형 있는 삶의 중요성을 설파하며 신체적·
정신적·감정적·영적인 조화를 이루는 것이 궁극적으로 개인과 조직
의 성장에 필수적임을 강조했습니다. 이러한 가르침은 오늘날의 워
크-라이프 밸런스Work-Life Balance 개념과도 연결됩니다.

코비의 철학은 교육, 비즈니스, 공공 분야 등 다양한 영역에서 널
리 활용되며 기업에서는 조직문화 개선과 직원 역량 강화를 위해,
교육기관에서는 학생들의 자기계발과 리더십 함양을 위해 적용되
고 있습니다. 또한 공공기관과 정부 조직에서도 원칙 중심 리더십
을 정책과 리더십 개발에 반영하고 있습니다.

그의 리더십 철학은 도덕적 책임과 인간 본질의 중요성을 강조한
다는 점에서 퇴계의 윤리적 리더십과도 통하는 부분이 많습니다.
이 책은 두 사상의 지혜를 결합하여, AI시대에 적합한 리더십 모델

을 탐색하며 독자들에게 시대를 초월한 통찰과 실천 방안을 제공합니다.

4. AI시대의 도전과 리더십의 필요성

4-1 인공지능이 가져올 변화와 과제

인공지능AI의 발전은 다양한 분야에서 혁신을 가져오며 우리의 일상과 사회 구조를 빠르게 변화시키고 있습니다. 그러나 이러한 발전은 긍정적인 기회뿐만 아니라 해결해야 할 여러 과제도 함께 수반됩니다.

노동시장의 변화가 가장 큰 영향을 미칠 것입니다. AI는 단순 반복 업무뿐만 아니라 전문성이 필요한 직종까지 대체할 가능성이 있으며 이에 따라 기존의 직업이 사라지고 새로운 일자리가 등장하게 됩니다. 이러한 변화 속에서 경쟁력을 유지하려면 새로운 기술을 익히고 변화에 유연하게 적응하는 능력이 필요합니다.

다음으로, 윤리적 문제가 대두되고 있습니다. AI가 자율적으로 의사결정을 내리는 영역이 확대되면서 책임 소재가 불분명해지는 문제가 발생합니다. 자율주행 자동차가 사고를 일으켰을 때 누구에게 책임이 있는지를 명확히 규정하는 것이 필요하며 AI가 학습하는 데이터가 편향될 경우 공정성을 해칠 위험이 있으므로 법적·윤리적 기준을 정립하는 것이 중요합니다.

AI는 방대한 데이터를 기반으로 작동하기 때문에 개인정보 보호 문제도 중요한 과제입니다. AI 기술이 발전할수록 데이터 수집과 활용이 필수적이기에 개인정보 유출 및 감시 사회로의 전환을 초래할 수도 있습니다. 데이터 보호 기술을 강화하고 보안 기준을 마련하는 것이 필요합니다.

사회적 불평등의 심화도 우려되는 문제 중 하나입니다. AI 기술을 활용할 수 있는 기업과 개인이 상대적으로 유리한 위치를 차지하게 되면서 기술 격차로 인한 사회적 불평등이 더욱 심화될 가능성이 있습니다.

AI의 발전은 인간의 소통 방식과 관계 형성에도 영향을 미칠 것입니다. AI가 다양한 역할을 수행하면서 인간과의 상호작용이 늘어나고 사람 간의 직접적인 소통 기회가 줄어들 가능성이 있습니다. 이는 사회적 유대감과 공감 능력의 약화로 이어질 수 있습니다.

마지막으로 AI의 신뢰성을 확보하기 위한 투명성 문제도 해결해야 할 과제입니다. AI 알고리즘이 점점 복잡해지면서, 그 의사결정 과정이 불투명해지는 '블랙박스 문제'가 발생할 수 있습니다. 이에 따라 AI가 어떤 방식으로 결정을 내리는지 설명할 수 있는 기술적·제도적 장치가 필요하며 이를 통해 AI 시스템에 대한 신뢰를 구축해야 합니다.

4-2 인간 중심의 리더십의 중요성

AI시대의 도전 속에서도 잊지 말아야 할 것은 인간 고유의 가치와 능력입니다. 기술이 아무리 발전해도 인간다움은 대체될 수 없으며 이를 지키고 발전시키는 것이 무엇보다 중요합니다.

도덕적 기준과 윤리의식은 기술 활용에서 중요한 기반이 됩니다. 리더는 윤리적 문화를 조성하고 모든 의사결정에서 도덕적 기준을 우선시해야 합니다.

공감 능력과 감정지능은 AI가 모방하기 어려운 영역입니다. 리더는 구성원들과 공감하고 소통하며 신뢰와 결속을 높여야 합니다.

창의성과 혁신은 인간만이 발휘할 수 있는 강점입니다. 리더는 창의적 사고를 장려하고 새로운 아이디어가 실현될 수 있는 환경을 만들어야 합니다.

평생학습과 자기 개발은 빠르게 변화하는 기술 환경에서 필수적입니다. 리더는 학습 문화를 조성하고 구성원의 성장을 지원하며 조직의 적응력과 경쟁력을 높여야 합니다.

사회적 책임과 지속 가능성도 중요합니다. 리더는 조직의 이익을 넘어 사회 전체를 고려하며 환경보호와 윤리적 경영을 통해 지속 가능한 발전을 이끌어야 합니다.

포용성과 다양성 존중은 조직의 역량을 강화하는 중요한 요소입니다. 리더는 다양한 배경을 가진 구성원들이 존중받고 참여할 수 있는 문화를 조성해야 합니다.

투명성과 책임성은 신뢰를 구축하는 핵심입니다. 리더는 의사결정 과정의 투명성을 확보하고 결과에 책임을 지며 윤리적 문제를 예방해야 합니다.

인간 중심의 리더십은 기술 중심 접근만으로 해결할 수 없는 복잡한 문제들을 해결하는 열쇠입니다. 퇴계 이황의 도덕 철학과 스티븐 코비의 원칙 중심 리더십에서 강조된 이 가치는 AI시대에 더욱 중요해지고 있습니다.

5. 책의 구성과 기대효과

이 책은 제1부와 제2부로 구성되어 있으며 AI시대에 필요한 리더십을 깊이 이해하고 실천할 수 있도록 돕는 역할을 합니다. 제1부는 스티븐 코비가 성학십도를 이해하기 위해 질문을 던지는 과정이며, 제2부는 그의 '7가지 습관'을 퇴계 이황의 철학을 바탕으로 AI시대에 맞춰 재조명하는 과정으로 이루어집니다. 두 부분은 서로 유기적으로 연결되어 있으며 독자가 이론과 실천을 조화롭게 익힐 수 있도록 설계되었습니다.

제1부 : 철학적 탐구와 리더십 원리

제1부에서는 퇴계 이황과 스티븐 코비의 가상 대화를 통해 리더십의 본질을 탐색합니다. 코비는 성학십도를 깊이 이해하기 위해 다양한 질문을 던지며 퇴계는 이에 대한 철학적 통찰을 제공합니다. 이 과정을 통해 퇴계의 성리학과 코비의 원칙 중심 리더십의 연결점을 탐구합니다. 태극, 음양, 도덕적 수양, 공감, 책임과 같은 개념을 중심으로 리더십이 갖춰야 할 핵심 가치와 원칙을 설명합니다. 독자들은 이를 통해 시대가 변해도 변하지 않는 리더십의 본질

을 이해할 수 있습니다.

제2부 : 실천과 응용

제2부에서는 제1부에서 배운 철학적 원칙을 AI시대에 적합한 리더십 모델로 재구성하는 과정입니다. 코비가 제시한 '7가지 습관'을 퇴계 이황의 철학적 가르침을 바탕으로 재해석하며 이를 현대사회에서 실천하는 방법을 찾아보았습니다. 실제 사례와 적용 방법을 통해 이론을 행동으로 전환하는 과정을 설명하며 독자들이 자신의 삶에 맞게 활용할 수 있도록 합니다.

제1부와 제2부의 관계 및 활용법

이 책은 철학적 원리(제1부)와 실천적 응용(제2부)을 균형 있게 학습할 수 있도록 구성되어 집니다. 제1부에서는 코비가 성학십도를 이해하기 위해 질문하며 퇴계 이황과의 대화를 통해 리더십의 본질과 원칙을 탐구합니다. 제2부에서는 7가지 습관을 퇴계의 철학을 바탕으로 현대적으로 해석하여, AI시대에 필요한 리더십을 실천하는 방법을 제시합니다.

독자들은 제1부를 통해 개념을 먼저 이해한 후 제2부에서 이를 실천하는 방법을 배우는 방식으로 활용하기를 추천합니다. 제1부 내용이 지루할 경우 제2부를 먼저 참고한 후 필요할 때 제1부로 돌아가 개념을 심화하는 방식도 가능합니다.

이 책은 이론과 실천을 연결하는 다리 역할을 합니다. 두 부분을 함께 익히면 독자들은 AI시대에도 변하지 않는 인간 중심의 리더십을 습득할 수 있습니다. 빠르게 변화하는 시대 속에서도 흔들리지 않는 리더십으로, 개인과 사회에 긍정적인 영향을 미칠 수 있을 것이라 기대합니다.

차례

제1부 코비가 묻고 퇴계가 답하다

제1장 태극, 인간의 기원

제2장 서명, 인간의 소명

제3장 소학, 기초훈련

제1부
코비가 묻고
퇴계가 답하다

제1장 태극, 인간의 기원

태극은 무극으로부터 비롯됩니다. 태극은 움직임으로 양陽을 낳고 움직임이 극에 달하면 고요함으로 돌아갑니다. 고요함은 음陰을 낳고 고요함이 다시 극에 달하면 또다시 움직임이 시작됩니다. 움직임과 고요함은 서로를 뿌리로 하여 끝없이 이어집니다. 음과 양이 분리되면서 두 가지 원리가 세워지고 양은 변화하고 음은 결합하여 물[水], 불[火], 나무[木], 쇠[金], 흙土의 다섯 요소가 태어납니다. 다섯 기운은 조화롭게 펼쳐지고 사계절은 이를 따라 흐릅니다.

오행은 음양에서 비롯되며 음양은 태극으로부터 나옵니다. 태극은 본래 무극이면서도 모든 것을 품고 있습니다. 오행은 각각 고유한 성질을 지니며 무극의 참된 원리와 음양의 정수가 절묘하게 결합하여 세상을 이루는 원동력이 됩니다.

하늘의 강건함은 남성을, 땅의 수용성은 여성을 만들어냅니다. 두 기운은 서로 감응하여 만물을 변화시키고 생성과 재생을 반복하며 그 끝은 없습니다. 인간은 이 모든 창조물 중 가장 탁월한 존재로 형체가 갖춰지면 정신이 깨어나고 오감과 마음이 움직이며 선과 악이 드러나고 세상만사가 펼쳐집니다. 성인은 자신의 삶을 중용과 정직, 사랑과 정의로 다스립니다. 그들은 고요함을 중심으로 삼고 인간의 지극한 덕을 세웁니다. 이로써 그들의 덕은 하늘과 땅의 조화를 이루고 해와 달처럼 빛나며 사계절의 운행처럼 질서를 지키고 귀신과 같은 지혜로 길흉을 통제합니다.

군자는 이를 닦아 행운을 얻고 소인은 이를 어겨 불운을 자초합니다. 그러므로 이르기를, 하늘의 도는 음양, 땅의 도는 강함과 부드러움, 사람의 도는 사랑과 정의로 이루어진다라고 하였으며 시작을 탐구하고 끝을 돌아보며 삶과 죽음의 이치를 이해한다고도 말하였습니다. 아, 주역의 진리여! 위대하고 완전한 가르침이여!

주렴계의 [태극도설太極圖說] : 성학십도/ 한형조 독해 참조

1. 태극이란 무엇인가?

코비 : 태극太極이란 무엇이며 음陰과 양陽은 어떤 의미입니까?

퇴계 : 태극太極은 "하나이면서 둘(음과 양), 둘이면서 다시 하나(조화)"라는 역동적인 개념이며 이를 통해 세상이 생성되고 변화해 나가는 것입니다.

태극에서 음陰과 양陽이 나오는 과정은 자연의 변화 원리를 설명하는 중요한 개입니다. 태극은 본래 하나지만 그 속에서 움직임과 정지, 밝음과 어둠, 강함과 부드러움 같은 상반된 요소가 생겨나면서 둘로 나뉘게 됩니다. 이때 움직임動이 강해지면 양陽이 되고 움직임이 극에 달한 후 다시 정지靜로 돌아가면서 음陰이 됩니다.

태극 속에는 이미 음과 양이 포함되어 있으며 이것이 번갈아가며 조화를 이루면서 변화가 이루어집니다. 이 변화는 단순한 대립이 아니라 서로를 보완하는 관계로 작용하며 자연의 법칙과 인간의 삶 속에서도 균형과 조화를 이루는 기본 원리가 됩니다.

코비 : 태극이 단순한 그림이 아니라 세상의 이치를 설명하는 철학적 개념이라면 우리는 태극을 어떻게 이해해야 할까요?

퇴계 : 우리가 태극을 이해할 때 그것을 단순한 도형으로 보지 않고 삶의 원리와 자연의 조화를 깨닫는 지혜로 받아들여야 합니다.

태극 속에서 음陰과 양陽은 서로 대립하지만 동시에 서로를 보완하면서 조화를 이루는 관계입니다. 낮(양)이 있으면 밤(음)이 있고 여름(양)이 지나면 겨울(음)이 오며 기쁨(양)과 슬픔(음)은 서로 교차하면서 균형을 이루듯이, 태극은 세상의 모든 것이 끊임없이 변화하면서도 균형을 이루려는 과정을 보여줍니다.

태극은 우리 삶에서 균형과 조화의 중요성을 가르쳐줍니다. 우리는 한 가지 방향으로만 치우쳐서는 안 되며 학업과 휴식, 감정과 이성, 개인과 사회적 관계 속에서 음양의 균형을 유지하는 지혜를 가져야 합니다. 태극을 이해하는 것은 세상을 바라보는 태도를 배우는 것입니다. 변화 속에서도 균형을 찾고 대립 속에서도 조화를 이루려는 태도가 바로 태극의 핵심 철학입니다.

코비 : 현대 과학의 우주론과 성리학의 우주론은 어떤 공통점과 차이점이 있나요?

퇴계 : 현대 과학은 객관적 진리 발견과 기술 발전에 초점을 맞추고 성리학은 도덕적 수양과 인간의 완성을 목표로 한다는 차이점이 있습니다. 그러나 둘 다 우주에 일정한 법칙과 원리가 존재한다는 점을 인정하며 그 법칙을 통해 우주의 본질을 탐구하려는 공통점이 있습니다.

현대 과학은 실험과 관찰을 통해 물질적이고 객관적인 관점에서 우주를 탐구하며 우주의 법칙과 원리를 발견하려고 합니다. 빅뱅 이론이나 진화론 등은 우주의 기원과 발전 과정을 설명하려는 시도입니다. 반면 성리학은 철학적이고 도덕적인 관점에서 우주를 이해하려고 하며 인간과 우주의 조화를 중시합니다.

2. 조화와 균형의 의미

코비 : 태극도가 강조하는 음양의 조화란 무엇이며 그것이 우리의 삶에서 왜 중요한가요?

퇴계 : 태극도는 우주와 인간의 모든 현상이 음양의 상호작용으로 이루어진다고 봅니다. 음양은 대립적인 두 에너지로 보이지만 사실은 서로를 보완하며 균형을 이루는 원리입니다. 음양의 조화는 균형 잡힌 삶을 지향하게 합니다. 일과 휴식 사이의 균형을 맞추는 것은 삶의 질을 높이는 데 중요한 역할을 합니다. 대인관계에서도 음양의 조화는 상대방의 입장을 이해하고 자신의 감정을 조율하려는 태도로 조화로운 인간관계에 도움을 줍니다.

코비 : 현대사회에서 음양의 조화를 이루기 어려워 보입니다. 이를 극복할 방법은 무엇인가요?

퇴계 : 현대사회에서는 음양의 조화를 유지하기 어렵게 만드는 몇 가지 요인이 있습니다.

첫째, 과도한 경쟁은 활동성(양)을 지나치게 강조하여 사람들에게 쉼과 성찰의 시간을 허용하지 않습니다.

둘째, 도시화로 인해 사람들은 자연과의 연결을 잃게 되었으며 이는 음의 환경과 단절을 가져옵니다.

셋째, 기술 발전으로 인한 정보 과잉은 양의 에너지를 과잉시키고 내적 성찰이나 음의 균형을 소홀히 하게 만듭니다.

이러한 어려움을 극복하기 위해서는 규칙적인 명상과 자연과의

교감이 필요합니다. 일과 휴식의 조화를 추구하며 기술에 의존하기
보다는 적절히 활용하는 태도를 가져야 합니다.

3. 변화와 순환의 필연성

코비 : 태극도에서 변화와 순환은 왜 우주의 필연적인 원리로 간
주되나요?

퇴계 : 태극도는 우주가 변화와 순환으로 이루어진다고 설명합니
다. 운동[陽]과 정지[陰]라는 상반된 두 힘이 끊임없이 교대하며 작용
하기 때문입니다. 이러한 원리는 자연의 순환 속에서 명확히 드러
납니다. 낮과 밤의 교대, 계절의 변화, 그리고 생로병사의 과정 모두
변화와 순환의 필연성을 보여줍니다. 이러한 순환은 우주의 본질이
며 변화는 새로운 창조와 성장을 가능하게 합니다. 변화와 순환은
우주의 필수적이고 자연스러운 질서로, 이를 통해 우주는 지속적으
로 발전하고 균형을 유지합니다.

코비 : 현대인의 삶에서 변화와 순환의 원리를 어떻게 적용할 수
있을까요?

퇴계 : 우리는 먼저 변화를 자연스러운 성장의 과정으로 받아들
이며 그 과정에 있는 성공과 실패를 변화의 일부로 받아들여야 합
니다. 실패는 배우고 성장할 기회를 제공하며 성공은 새로운 출발
점이 될 수 있습니다. 이러한 태도는 삶에 새로운 가능성을 열어주

는 동력이 됩니다.

코비 : 변화와 순환을 거부하면 어떤 결과가 발생합니까?

퇴계 : 변화와 순환을 거부하면 다양한 부작용이 발생합니다. 개인적 차원에서는 변화에 저항함으로써 성장의 기회를 잃고 새로운 환경에 적응하지 못할 위험이 있습니다. 이는 삶의 정체와 혼란을 초래할 수 있습니다. 사회적 차원에서는 변화나 혁신을 막으려는 경향이 발전을 저해하고 불균형을 초래합니다. 자연적 차원에서는 자연의 순환을 거스르는 행위가 생태계 파괴와 환경 문제로 이어질 수 있습니다.

이러한 부작용을 극복하려면 변화가 자연스러운 과정임을 인정하는 태도가 중요합니다. 변화는 고통스러운 순간일 수 있지만 새로운 가능성을 여는 문으로 작용할 수 있음을 기억하며 열린 마음으로 접근해야 합니다.

4. 인간의 특별한 위치와 책임

코비 : 태극도에서는 인간을 특별한 존재로 봅니다. 이것의 의미는 무엇입니까?

퇴계 : 인간은 신체적으로 정교한 구조를 지닌 생물학적 존재에 그치지 않고 정신적이고 의식적인 활동을 통해 도덕적 선택을 할 수 있는 특별한 능력이 있기 때문입니다.

인간은 선과 악을 구별할 수 있는 판단력과 스스로 사고하고 행동하는 능력을 지니고 있습니다. 또한 인간은 만물과 교감하며 자연을 이해하고 조화롭게 다스릴 수 있는 특별한 역할을 부여받았습니다.

코비 : 태극도가 말하는 인간에게 부여된 책임은 무엇입니까?

퇴계 : 인간에게 주어진 책임은 자연과 사회의 조화를 유지하고 도덕적 가치를 실현하며 더 나은 세상을 만드는 데 기여하는 것입니다. 인간은 자연의 일부로서 환경을 보존하고 생태계를 지키는 역할을 맡고 있습니다. 또한 공동체의 일원으로서 선한 영향력을 발휘해 사회적 발전에 기여해야 합니다.

코비 : 인간이 책임을 실천하기 위해 구체적으로 할 수 있는 노력에는 어떤 것들이 있을까요?

퇴계 : 현대사회에서 인간이 책임을 다하기 위해서는 실천 가능한 행동이 필요합니다. 먼저 환경보호를 위해 친환경적인 습관을 실천하고 자원을 절약해야 합니다. 재활용을 생활화하고 에너지 소비를 줄이며 지속 가능한 소비 방식을 선택하는 것이 중요합니다.

또한 자신과 타인을 존중하는 태도를 가져야 합니다. 사랑과 정의를 실천하며 타인을 이해하고 배려하는 행동은 사회적 조화와 화합을 이루는 데 기여합니다. 상대방의 입장을 공감하고 존중하는 자세는 건강한 공동체 형성의 기본이 됩니다.

더 나아가 지속적인 성찰과 성장이 필요합니다. 독서와 명상 등을 통해 내적 성장을 도모하고 지적·도덕적 성숙을 추구해야 합니다. 이를 통해 개인이 더 나은 방향으로 변화할 뿐만 아니라 궁극적으로 더 나은 세상을 만드는 데 기여할 수 있습니다.

마지막으로 공동체에 기여하는 태도를 가져야 합니다. 개인의 이익만을 추구하는 것이 아니라 공동의 선을 위해 헌신하는 자세가 필요합니다. 사회적 책임을 다하는 태도는 사회의 안정과 발전을 촉진하며 궁극적으로 인간이 자연, 사회, 타인과 조화를 이루며 의미 있는 삶을 살아가는 기반이 됩니다.

5. 덕성과 중용의 삶

코비 : 태극도에서 덕성과 중용의 삶이란 무엇을 의미하며 왜 중요한가요?

퇴계 : 태극도에서 덕성과 중용의 삶은 인간이 도덕적 가치를 실천하며 조화로운 삶을 살아가는 것을 의미합니다. 덕성은 사랑과 정의 같은 도덕적 가치를 실천하며 타인과 세상에 선한 영향을 미치는 것을 뜻합니다. 이는 인간관계를 포함한 모든 삶의 영역에서 올바름과 선함을 추구하는 태도입니다.

중용은 균형을 유지하는 삶의 태도입니다. 감정, 행동, 판단에서 지나치거나 부족하지 않도록 조화로운 상태를 유지하는 것을 의미합니다. 성인들은 덕성과 중용을 삶의 중심 원칙으로 삼아 하늘,

땅, 그리고 인간 사회와 조화를 이루고자 노력했습니다.

코비 : 중용의 원칙이 현대사회에서 왜 더욱 중요하다고 생각하
십니까?

퇴계 : 현대사회의 극단으로 치우치기 쉬운 환경 속에서 중용의
원칙은 특히 중요합니다. 감정의 균형을 유지하는 것은 지나친 분
노나 과도한 행복에 치우치지 않도록 돕고 건강하고 평온한 삶의
기초가 됩니다. 물질적 소비와 성공에 대한 과도한 욕망은 불만과
스트레스를 초래하기에 중용은 과욕을 억제하고 내면의 평화를 찾
는 데 도움을 줍니다. 중용의 원칙을 실천하는 것은 균형과 조화를
유지하며 더 나은 삶을 살기 위한 필수 조건입니다.

6. 삶과 죽음에 대한 통찰

코비 : 태극도에서 삶과 죽음을 우주의 변화와 순환 속에서 어떻
게 설명하며 이 관점이 삶의 본질에 대해 어떤 통찰을 제공하나요?

퇴계 : 태극도에서는 삶과 죽음을 우주의 자연스러운 변화와 순
환으로 봅니다. 삶은 태극의 운동[陽]에서 비롯된 생명 활동으로, 음
양의 조화 속에서 성장과 변화를 겪으며 진행됩니다. 죽음은 태극
의 정지[陰]로 돌아가는 과정으로, 이는 단절이 아니라 새로운 순환
의 시작을 의미합니다. 모든 존재가 시작과 끝을 가지듯이 삶과 죽
음도 우주의 조화로운 질서 안에 자리하고 있습니다.

이 관점은 삶과 죽음을 고립된 사건으로 보지 않고 서로 연결된 과정으로 이해하도록 돕습니다. 이를 통해 우리는 죽음을 두려워하기보다는 삶의 본질을 더 깊이 성찰하게 되며 삶의 유한성을 인정하면서도 현재를 더욱 소중히 여기는 태도를 가질 수 있습니다.

코비 : 삶과 죽음을 하나의 순환으로 바라보는 시각이 현대인에게 어떤 심리적·실천적 가치를 제공할 수 있나요?

퇴계 : 삶과 죽음을 하나의 순환으로 이해하는 시각은 현대인에게 심리적 안정을 제공하고 삶을 더 의미 있게 만드는 데 도움을 줍니다. 먼저 죽음을 끝이 아니라 새로운 시작으로 받아들임으로써 죽음에 대한 두려움을 완화할 수 있습니다. 이는 우리가 삶의 유한성을 긍정적으로 바라보게 하며 현재의 순간을 더 소중히 여기도록 합니다.

또한 나와 타인, 그리고 자연이 하나의 순환 속에 있다는 사실을 깨닫게 되면서 공동체와 자연에 대한 책임감을 느끼게 됩니다. 이러한 통찰은 우리의 삶을 더 깊이 성찰하고 죽음을 자연스럽고 초연하게 받아들일 수 있는 태도를 길러줍니다.

코비 : 현대인이 삶과 죽음의 본질을 성찰하고 이를 자연스럽게 받아들이기 위해 실천할 수 있는 구체적인 방법은 무엇인가요?

퇴계 : 삶과 죽음의 본질을 성찰하고 이를 자연스럽게 받아들이기 위해 현대인이 실천 할 수 있는 방법은 여러 가지가 있습니다. 먼

저 자신이 살아온 삶을 돌아보고 삶의 가치를 깊이 탐구하는 시간을 가지는 것이 중요합니다. 이러한 내적 성찰은 삶에 대한 더 깊은 이해를 돕습니다.

가족이나 친구와 죽음에 대해 자연스럽게 이야기하며 이를 받아들이는 연습을 하는 것도 좋은 방법입니다. 이러한 대화를 통해 죽음이라는 주제를 두려워하지 않고 인간 삶의 자연스러운 일부로 받아들일 수 있습니다.

또한 일기나 자서전을 작성하며 자신의 삶을 기록하고 순간의 소중함을 깨닫는 것이 큰 도움이 됩니다. 이는 죽음 이후에도 자신이 남긴 흔적을 통해 다른 사람들에게 긍정적인 영향을 주는 방법이기도 합니다.

마지막으로 자연의 순환을 직접 관찰하며 삶과 죽음도 자연의 현상임을 체감하는 것입니다. 자연을 바라보며 생명과 죽음이 연결된 순환임을 이해하면 삶에 대한 경외심과 죽음에 대한 평온한 태도를 유지할 수 있게 됩니다.

제2장 서명, 인간의 소명

하늘을 아버지라 부르고 땅을 어머니라 부릅니다. 나는 작은 몸을 지닌 채 천지의 품 안에서 살아갑니다. 내 몸은 천지의 일부이고 내 정신은 창조의 일부입니다. 이 땅의 모든 사람은 나의 형제자매이며 세상의 모든 사물과 생명은 나의 친구입니다. 군주는 가정의 맏이와 같고 대신들은 그를 돕는 이들입니다. 어르신을 공경하는 것은 집안 어른을 섬기는 일과 같고 힘없는 이를 돌보는 것은 내 자식을 보살피는 일과 같습니다. 위대한 사람은 덕을 품은 이이며 현자는 우리 가운데 가장 뛰어난 사람입니다. 세상에는 병든 이들, 가족이 없는 이들, 가엾은 이들이 있습니다. 이들은 모두 나의 형제입니다. 덕을 지키는 것이 자식된 도리이며 덕성을 실천하는 이가 참된 효자입니다. 반대로 본성을 저버리고 악행을 저지르는 것은 스스로 인간됨을 포기하는 것입니다.

변화의 이치를 아는 것은 아버지의 역사를 기록하는 것이며 자연의 신비를 깨닫는 것은 그 뜻을 완성하는 것입니다. 마음속 부끄러움이 없도록 본성을 지키고 자신의 역할을 다하는 데 게으르지 않아야 합니다.

우임금은 부모를 위해 절제했고 영고숙은 인재를 길러 세상을 이롭게 했습니다. 순임금은 정성으로 부모를 감동시켰으며 신생은 죽음을 받아들임으로써 공경을 보였습니다. 증자는 부모가 주신 몸을 온전히 돌려드렸고 백기는 부모의 뜻을 따라 강물에 몸을 던졌습니다.

부귀와 풍요는 삶을 윤택하게 하고 빈곤과 고난은 나를 단련하여 더 나은 사람이 되게 합니다. 역경조차 나를 성장시키는 도구일 뿐입니다.

살아서는 도리를 다하고 죽어서는 평안을 찾을 뿐. 그것이 나의 길입니다.

장횡거의 [서명西銘] : 성학십도/ 한형조 독해 참조

1. 우주와 인간의 연결된 본성

코비 : 서명西銘에서 하늘과 땅을 아버지와 어머니로 비유한 것은 어떤 의미를 가지며 인간과 자연의 연결에 대해 어떤 깨달음을 줍니까?

퇴계 : 서명에서 하늘을 아버지로, 땅을 어머니로 비유한 것은 인간이 우주와 자연의 일부임을 강조하기 위한 상징적 표현입니다. 하늘은 빛과 에너지를 제공하며 모든 생명을 품는 창조의 원천으로 인간 정신의 창조적 본성을 상징합니다. 땅은 생명을 길러내고 모든 것을 수용하는 생명의 근원으로 인간 신체의 물질적 본질을 나타냅니다.

이 비유는 인간이 하늘과 땅, 즉 자연과 우주의 조화 속에서 탄생했음을 상기시킵니다. 따라서 인간은 자연과 조화를 이루며 살아가야 할 책임을 지니고 있습니다. 이를 통해 인간은 자연과 연결된 자신의 본성을 자각하고 하늘과 땅의 덕성을 본받아 겸손과 감사의 태도로 살아가야 함을 배울 수 있습니다.

코비 : 현대인들은 자연과의 연결을 잃어버린 듯 보입니다. 자연과의 연결을 회복할 수 있을까요?

퇴계 : 현대사회는 인간이 자연을 단순한 자원의 대상으로 바라보게 하여 자연과의 연결이 약화된 경향이 있습니다. 이를 회복하기 위해선 먼저 인간은 자연 속에 속한 존재임을 깨닫는 태도가 필요합니다.

작은 실천부터 시작할 수 있습니다. 하늘의 빛과 바람을 느끼고 자연의 질서를 관찰하며 흙과 물을 존중하는 행동을 통해 자연과의 조화를 경험할 수 있습니다. 우리가 마시는 공기와 먹는 음식이 자연의 선물임을 자각하고 감사하는 태도도 중요합니다. 이러한 작은 일상의 실천들은 자연과의 단절을 해소하고 인간과 자연의 관계를 회복하는 밑바탕이 될 것입니다.

코비 : 현대인은 종종 물질적 성공에 몰두하며 본성을 잃고 자연을 해치는 경우가 많습니다. 이러한 상황에서 인간 본성을 되찾고 책임을 다하려면 무엇이 필요합니까?

퇴계 : 인간 본성은 하늘로부터 받은 넓고 관대한 마음과 땅이 준 견고한 의지로 이루어져 있습니다. 인간이 본성을 되찾고 자연과 조화를 이루기 위해서는 자신의 욕망과 행동이 하늘과 땅의 조화에 기여하는지 혹은 해치는지를 스스로 점검해야 합니다.

이러한 노력은 개인적 성장을 넘어 자연과 사회에 긍정적인 영향을 미치며 인간이 우주의 일부로서 책임을 다하는 길이 됩니다. 이는 현대인이 본성을 되찾고 참된 삶의 의미를 발견하는 데 중요한 지침이 될 것입니다.

2. 공동체적 책임과 사랑

코비 : 서명에서는 모든 생명을 동포와 친구로 비유합니다. 이는

어떤 의미를 가지며 어떤 교훈을 얻을 수 있습니까?

퇴계 : 서명에서 모든 생명을 동포와 친구로 비유한 것은 인간이 홀로 독립된 존재가 아니라 자연과 사회 속에서 서로 연결된 존재임을 상기시키는 가르침입니다. 우리는 모두 하늘과 땅에서 비롯된 동일한 기운을 공유하며 살아가고 있으며 서로를 나와 분리된 타자로 보지 말고 가족처럼 여기며 사랑과 책임으로 대해야 합니다.

현대인에게 이 비유는 개인주의와 경쟁이 심한 사회 속에서 타인을 이해하고 공감하며 조화롭게 살아가라는 중요한 교훈을 줍니다. 타인을 돕고 사랑을 나누는 것은 인간 본연의 도리를 다하는 것입니다. 이는 공동체의 일원으로서 조화와 연대를 실현하기 위한 실천적 지침이 됩니다.

코비 : 현대사회는 개인주의가 강해 공동체적 책임감이 약해지는 경향이 있습니다. 이런 상황에서 공동체에 대한 사랑을 되살리려면 어떻게 해야 할까요?

퇴계 : 가족, 친구, 이웃과의 관계를 개선하고 그들에게 사랑과 책임을 다하는 것이 첫걸음입니다. 어려움에 처한 사람들에게 공감하고 도움을 줄 방법을 찾아보십시오. 약자를 돌보는 것은 마치 내 가족을 돌보는 것과 같습니다. 또한 자신의 이익만을 생각하지 말고 공동체의 이익을 함께 고려해야 합니다. 이는 나의 행복이 타인의 행복과 연결되어 있음을 깨닫는 데서 출발합니다. 이러한 실천은 내가 할 수 있는 범위 내에서 시작되는 작은 행동들입니다.

3. 도덕성과 본성의 보존

코비 : 서명에서는 인간 본성을 보존하는 것이 중요하다고 말씀하셨습니다. 인간의 본성이란 정확히 무엇입니까?

퇴계 : 인간의 본성性은 하늘이 인간에게 부여한 순수하고 선한 기질을 말합니다. 이는 사랑[仁], 정의[義], 예의[禮], 지혜[智]라는 덕목으로 드러납니다. 이러한 본성을 보존해야 하는 이유는 그것이 인간이 하늘과 땅의 이치를 실현하며 조화로운 삶을 살아가는 핵심이기 때문입니다. 본성이 흐려지면 도덕적 방향을 잃고 욕망과 악에 빠져 천지와 인간 공동체의 조화를 깨뜨리게 됩니다. 본성을 보존하는 것은 인간답게 살아가는 출발점이자 본질적인 과제입니다.

코비 : 도덕성과 본성은 서로 어떤 관계가 있습니까?

퇴계 : 도덕성은 본성이 외적으로 드러나는 행동과 태도를 말합니다. 본성이 내 안에 있는 선한 마음이라면 도덕성은 그것을 실제로 행동으로 나타내는 것입니다. 비유하면 본성은 씨앗이고 도덕성은 그 씨앗이 자라 꽃을 피우는 모습입니다.

둘은 서로를 보완합니다. 본성을 잘 보존해야 도덕적 판단이 흐려지지 않고 도덕적 행동을 꾸준히 실천해야 본성이 흐려지지 않습니다. 본성과 도덕성은 함께 우리의 삶을 조화롭고 행복하게 만드는 데 없어서는 안 될 요소입니다.

코비 : 본성을 잃거나 왜곡하면 개인과 사회, 그리고 자연에 어떤

결과가 나타나나요?

퇴계 : 본성을 잃거나 왜곡하면 다양한 문제가 생깁니다. 개인적인 차원에서, 내면의 평화와 행복을 잃고 욕망과 악에 휘둘리며 혼란을 겪게 됩니다. 자신을 안정되게 유지하지 못하고 삶의 의미를 찾기 어렵게 만듭니다.

사회적 차원에서는 타인에게 상처를 주고 신뢰를 무너뜨리는 행동을 하게 됩니다. 이는 인간관계를 약화시키고 공동체를 불안정하게 만듭니다.

자연적 차원에서는 인간과 자연의 질서를 해치게 됩니다. 본성을 잃은 행동은 환경을 파괴하고 우주의 조화로운 흐름을 방해할 수 있습니다.

본성을 지키는 것은 개인의 문제가 아니라 사회와 자연의 건강을 유지하고 더 나은 세상을 만드는 데 필수적입니다. 본성을 지키는 일은 우리 모두에게 중요한 책임이자 과제입니다.

4. 효와 공경의 실천

코비 : 서명에서는 효를 강조하고 있습니다. 효는 부모를 섬기는 것입니까?

퇴계 : 효는 부모를 섬기는 것을 넘어, 우리를 존재하게 한 모든 것에 대한 감사와 공경을 포함합니다. 부모를 공경하고 섬기는 것은 효의 기본적인 형태이지만 그 의미는 더 넓습니다. 효는 가족을

넘어 공동체와 자연에 대한 사랑과 존중으로 확장됩니다. 자연을 보호하고 사회의 어른을 공경하며 약자를 돌보는 것도 효의 실천에 해당합니다.

코비 : 가족 간 유대가 약해지는 현대에서는 효를 어떻게 실천할 수 있을까요?

퇴계 : 현대사회에서도 효를 실천하는 방법은 다양합니다.

먼저 부모님과의 소통이 중요합니다. 바쁜 일상 속에서도 부모님과 정기적으로 대화를 나누고 그들의 생각과 필요를 이해하려는 노력이 필요합니다. 이는 부모님에 대한 관심과 사랑을 표현하는 가장 기본적인 방식입니다. 또한 부모님의 건강을 챙기거나 경제적으로 도움을 드리는 작은 배려도 효의 중요한 실천입니다. 이러한 행동은 단순히 물질적인 지원이 아니라 부모님의 삶에 대한 깊은 관심을 보여주는 것입니다.

가족 간의 갈등이 있을 때 이를 이해하고 화합하려는 태도 역시 중요합니다. 가족 관계에서 서로를 이해하고 조화를 이루려는 노력이 가족의 유대감을 강화하고 효의 실천을 더욱 깊게 만듭니다. 효는 작은 실천에서 시작되며 이를 통해 가족뿐 아니라 사회 전체의 화합과 조화에도 기여할 수 있습니다.

코비 : 공경은 무엇이며 효와 어떤 관계가 있습니까?

퇴계 : 공경은 효를 이루는 마음가짐이자 행동의 기초로 부모님

뿐 아니라 나이가 많거나 삶의 경험이 풍부한 어른들, 더 나아가 자연과 우주의 섭리에도 적용됩니다.

공경을 실천하려면 먼저 어른을 존중하는 태도를 가져야 합니다. 나이 많은 분에게 예의를 갖추고 그들의 지혜를 배우려는 자세를 가지는 것이 중요합니다. 이러한 존중은 어른들의 경험과 가치를 인정하는 데서 시작됩니다.

또한 자연에 대한 경외심도 공경의 확장된 형태입니다. 자연을 함부로 대하지 않고 그 질서를 존중하며 살아가는 것은 공경의 또 다른 모습입니다. 자연을 존중하는 것은 결국 자신을 존중하는 것과 연결됩니다.

5. 고난과 역경에 대한 긍정적 태도

코비 : 서명에서는 고난과 역경이 인간을 성장시키는 도구라고 했습니다. 그 의미는 무엇인가요?

퇴계 : 고난과 역경은 단순히 고통을 주는 것이 아니라 우리를 더 강하게 하고 성숙하게 만드는 중요한 과정입니다. 어려움은 우리의 능력과 약점을 시험하며 이를 극복하는 동안 우리는 내면의 힘과 지혜를 얻게 됩니다.

하늘과 땅이 끊임없이 변화하며 균형을 이루듯 인간도 고난을 통해 자신을 다듬고 새로운 방향으로 나아갑니다. 역경은 우리 삶을 더 깊고 의미 있게 만들며 그것을 성장의 기회로 받아들일 때 더 넓은 시야와 강한 마음을 얻을 수 있습니다.

코비 : 많은 사람이 고난을 두려워하거나 회피합니다. 이를 긍정적으로 대하기 위해 어떤 태도와 노력이 필요할까요?

퇴계 : 고난을 긍정적으로 대하기 위해서는 몇 가지 태도가 필요합니다.

첫째, 고난을 성장의 기회로 받아들이는 것입니다. 어려움은 우리를 단련시키고 더 나은 사람이 되도록 도와줍니다. 고난이 끝나면 우리는 더 강한 자신을 발견하게 됩니다.

둘째, 인내심과 끈기를 기르는 것이 중요합니다. 고난은 영원하지 않고 결국 끝이 있습니다. 이를 견뎌내는 동안 우리는 더 단단한 마음과 자신감을 얻게 됩니다.

셋째, 고난 속에서 배울 점을 찾으려는 자세를 가져야 합니다. 어려움은 우리가 무엇을 개선해야 하는지 깨닫게 해주는 기회가 될 수 있습니다. 이러한 태도는 고난을 단순히 힘든 경험이 아니라 나를 성장시키는 과정으로 바꾸어줍니다.

코비 : 고난과 역경을 통해 인간은 어떤 덕목을 배우며 이를 삶에 어떻게 활용할 수 있나요?

퇴계 : 고난과 역경은 우리의 삶에서 중요한 덕목들을 배우게 해주는 귀중한 경험입니다.

먼저 고난은 우리의 한계를 깨닫게 함으로써 타인과 자연에 대해 더 겸손한 태도를 유지하게 합니다. 자신이 부족하다는 사실을 인정하고 받아들이는 겸손은 우리를 더 성숙한 사람으로 만듭니다.

또한 어려움을 이겨낸 뒤에는 평범한 일상에서도 작은 행복의 가치를 깨닫고 감사하는 마음을 갖게 됩니다. 고난을 겪지 않았다면 지나칠 수 있었던 것들에서 감사와 기쁨을 찾는 법을 배우게 되는 것입니다.

역경을 극복하는 과정에서 우리는 용기와 결단력을 기르게 됩니다. 이는 스스로에 대한 믿음을 강화하며 더 큰 도전 앞에서도 흔들리지 않는 내적 힘을 제공합니다.

마지막으로 자신의 어려움을 통해 타인의 고통을 이해하고 공감하는 능력이 깊어집니다. 고난은 우리가 더 나은 인간관계를 맺고 연민과 사랑을 실천할 수 있는 밑거름이 됩니다. 이렇게 고난에서 배운 덕목들은 우리를 성숙한 사람으로 만들어 삶을 더욱 풍요롭게 합니다.

6. 삶의 목적과 평화

코비 : "삶의 목표는 우리 심장의 박동을 우주의 박동에 맞추는 것"이라는 표현은 무엇을 의미하며 우리 삶에 어떤 통찰을 줄 수 있나요?

퇴계 : "삶의 목표는 우리의 심장의 박동을 우주의 박동에 맞추는 것"이라는 표현은 인간과 자연, 그리고 우주 사이의 조화와 연결을

강조하는 깊은 통찰을 담고 있습니다. 이는 성리학에서 말하는 '천인합일天人合一' 즉 하늘과 인간이 하나가 되어 조화를 이루는 상태를 나타냅니다.

우리의 심장은 우주적 질서와 자연의 리듬 속에 존재하는 작은 부분입니다. 따라서 삶의 목표는 단순히 개인적인 욕망이나 성취에 그치지 않고 더 큰 우주의 흐름에 동화되며 조화를 이루는 데 있습니다. 이것은 우리의 욕망과 이기심을 넘어 자연의 순리를 따르고 내면의 본성을 회복하는 과정과 연결됩니다.

이 표현은 자연과 사회 속에서 자신의 역할을 찾아 조화를 이루라는 가르침입니다. 이를 통해 우리는 진정한 평화와 성숙을 경험할 수 있습니다. 삶의 목표는 우리 내면을 맑게 하고 자연과 하나가 되어 더 큰 질서 속에서 살아가는 데 있음을 일깨워줍니다.

코비 : "살아서는 도리, 죽어서는 평화"라는 가르침은 삶과 죽음에 대해 어떤 방향성을 제시하며 이를 통해 배울 수 있는 교훈은 무엇인가요?

퇴계 : "살아서는 도리, 죽어서는 평화"라는 가르침은 인간이 삶과 죽음을 대하는 태도와 방향성을 제시하며 조화로운 삶의 방식을 깨닫게 해줍니다. 이 가르침은 삶에서 우리가 마땅히 지켜야 할 도덕적 책임과 죽음에 대한 평온한 수용을 통해 삶의 의미를 발견하도록 돕습니다.

먼저 살아서는 도리란 우리가 살아가는 동안 바른 마음과 올바른 행동을 실천하며 가족과 사회, 그리고 자연 속에서 자신의 역할과 책임을 다하라는 뜻입니다. 이것은 타인을 배려하고 공동체의 조화를 이루며 살아가는 자세를 말합니다. 또한 자기 성찰과 학문적 탐구를 통해 자신을 성장시키며 타인에게 선한 영향을 주는 삶을 추구해야 한다는 것을 가르칩니다. 죽어서는 평화는 삶에서 도리를 다한 사람이 죽음을 두려워하지 않고 자연스럽게 평화를 받아들일 수 있다는 의미를 담고 있습니다. 도덕적 원칙을 지키며 양심에 거리낌 없이 살아왔다면 죽음은 두려움이 아닌 자연의 한 부분으로 여겨질 수 있습니다. 삶이 타인과 공동체에 긍정적인 영향을 미쳤음을 알 때 죽음 앞에서도 편안한 마음으로 마주할 수 있습니다.

이 가르침은 현대인에게 중요한 교훈을 제공합니다. 우선 삶의 유한성을 깨닫는 것입니다. 삶이 유한하다는 사실을 이해할 때 우리는 현재의 순간을 더 소중히 여기고 더 의미 있게 살아가려고 노력하게 됩니다. 또한 도덕적 삶의 중요성을 강조합니다. 타인과 조화를 이루는 삶이야말로 진정한 행복과 만족을 가져다준다는 깨달음을 줍니다. 마지막으로 죽음을 초연히 받아들이는 태도를 배울 수 있습니다. 도리를 다한 삶은 죽음을 두려움이 아니라 자연스러운 과정으로 받아들일 수 있습니다.

제3장 소학, 기초훈련

탄생과 성장, 결실과 휴식이라는 자연의 순환[元亨利貞]은 우주의 본질이며 사랑, 정의, 예절, 지혜[仁義禮智]는 인간 본성의 핵심입니다. 인간은 본래 선한 존재로 태어나며 그 본성은 동정, 수치, 겸손, 도덕감이라는 네 가지 씨앗[四端]으로 자연스럽게 드러납니다.

부모를 사랑하고 형제를 공경하며 어른을 존중하는 태도는 인간의 기본 덕목입니다. 이는 억지로 만드는 것이 아니라 본성에 따라 실천해야 합니다. 성인은 본성을 완성하여 하늘처럼 넓은 마음을 지닌 이들입니다. 일반 사람들은 욕망에 가로막혀 본성을 잃고 살아갑니다.

성인들은 이를 안타까워하며 학교를 세우고 스승을 두어 인간 본성의 선한 뿌리를 기르고 가지를 뻗게 했습니다. 소학의 수련은 일상 속에서 시작됩니다. 마당을 쓸고 부름에 대답하며 집 안에서는 효도를, 집 밖에서는 공경을 실천합니다. 기본이 안정되면 시를 읽고 역사를 배우며 노래하고 춤추는 일에 마음을 씁니다. 이를 통해 잘못된 생각이 싹트지 않도록 합니다. 사물의 이치를 깊이 탐구하고[窮理], 자신을 수양하며[修身], 내면의 빛을 밝히는 것이 이 학문의 핵심입니다. 내면과 외부의 경계 없이 덕이 빛나고 성과가 넓어질 때 인간은 본래의 순수한 상태로 돌아갑니다.

옛 시절은 지나갔고 성현들도 이제 없습니다. 오늘날에는 고향의 풍속조차 바람직하지 않고 세상에서는 어진 인재를 찾기 어렵습니다. 욕망이 혼란스럽게 일어나고 이단적인 사상이 난무하는 시대입니다. 그러나 인간에게는 본래 선한 본성이 주어져 있어, 하늘이 존재하는 한 완전히 타락하지는 않을 것입니다.

나는 옛 성현들의 지혜를 모아 후대에 남깁니다. 어린아이들아! 이 책을 받아 마음 속에 새기거라. 여기 적힌 말들은 내 말이 아니라 성현들의 깊고 큰 뜻이 담겨 있다.

주자의 [소학제사小學題辭] : 성학십도/ 한형조 독해 참조

1. 소학의 목적과 의미

코비 : 소학小學이란 무엇이며 그 목적과 의미는 무엇인가요?

퇴계 : 소학은 중국 송나라의 철학자 주희 선생이 어린이를 위한 인격 수양 교과서로 편찬한 것으로 일상생활에서 실천할 수 있는 예절과 도덕적 규범을 중심으로 구성되어 있습니다.

소학의 가장 큰 의미는 작은 것에서부터 시작하는 자기 수양에 있습니다. 이는 일상에서의 작은 행동과 실천을 통해 도덕적 기초를 다지고 점차 인격적으로 성숙한 인간으로 성장하도록 돕는 과정입니다. 소학은 어린 시절의 교육에 국한되지 않고 인간이 올바른 마음가짐과 행동으로 살아가는 방법을 배우는 첫걸음입니다.

소학의 궁극적인 목표는 어린 시절부터 도덕적 기준을 확립하고 이를 바탕으로 자신과 타인의 관계에서 올바른 태도를 유지하며 나아가 사회와 자연 속에서 조화롭게 살아가는 삶을 이루는 데 있습니다.

2. 도덕적 훈련의 필요성과 일상에서의 실천

코비 : 소학에서 강조하는 도덕적 훈련은 어떤 의미이며 얻을 수 있는 가치는 무엇인가요?

퇴계 : 소학에서 강조하는 도덕적 훈련은 인간의 삶에서 매우 중요한 역할을 합니다. 인간은 선한 본성을 가지고 태어나지만 그것을 잘 가꾸지 않으면 물질적 욕망이나 게으름에 의해 쉽게 흐려질

수 있습니다. 도덕적 훈련은 이러한 본성을 깨우고 유지하며 이를 구체적인 행동으로 실천하게 합니다.

도덕적 훈련을 통해 우리는 자신의 인격을 성장시키고 참된 자신을 발견할 수 있습니다. 도덕적 훈련은 개인적 성숙을 넘어서 서로를 존중하고 배려하며 긍정적인 인간관계를 형성할 수 있습니다. 또한 도덕적 가치를 실천함으로써 더 나은 공동체를 만들고 사회의 조화와 발전에 기여할 수 있습니다.

코비 : 도덕적 훈련을 일상에서 실천하려면 어떤 구체적인 방법들이 효과적일까요?

퇴계 : 도덕적 훈련을 실천하려면 일상 속에서 작지만 의미 있는 행동들을 꾸준히 이어가는 것이 중요합니다.

먼저 도덕적 훈련은 가장 가까운 관계인 가족에서 시작됩니다. 부모님을 공경하고 형제자매와 우애를 나누며 가족 간의 화합을 이루는 것이 기본입니다. 가정 내에서의 존중과 사랑은 도덕적 삶의 가장 기본적인 형태로 이를 통해 우리는 자연스럽게 인간관계의 조화를 경험할 수 있습니다.

또한 존중과 배려를 실천하는 것이 중요합니다. 일상에서 만나는 사람들에게 예의를 갖추고 도움이 필요한 사람들에게 손을 내미는 작은 행동들은 도덕적 훈련의 중요한 부분입니다. 길에서 마주치는 사람에게 미소를 건네거나 인사를 나누는 사소한 행동도 배려와 존중의 태도를 기르는 데 큰 의미가 있습니다.

정직과 책임을 지키는 것도 도덕적 훈련의 핵심입니다. 자신의 말과 행동이 도덕적 기준에 부합하는지 스스로 점검하며 약속을 지키고 실수를 인정하는 태도를 가져야 합니다. 정직한 삶은 자신의 내면을 깨끗하게 유지하고 타인에게 신뢰를 쌓는 중요한 기반이 됩니다.

도덕적 훈련은 일상에서 반복되는 작은 실천들로부터 시작됩니다. 환경을 생각하며 올바르게 쓰레기를 분리 배출하거나, 어려운 이웃을 위해 시간을 내는 행동들이 이에 해당합니다. 이처럼 도덕적 훈련은 우리의 일상 속에서 실천될 때 그 진정한 가치를 발휘합니다.

코비 : 도덕적 훈련은 어린 시절부터 시작된다고 했습니다. 현대 교육에서는 이를 어떻게 적용하고 강화할 수 있을까요?

퇴계 : 도덕적 훈련은 어린 시절부터 시작되는 것이 중요합니다.

먼저 가정에서의 도덕적 교육이 중요합니다. 부모는 자녀들에게 효와 공경, 예의와 같은 도덕적 가치를 가르치는 데 핵심적인 역할을 합니다. 부모 스스로 모범을 보여 자녀들이 자연스럽게 도덕적 가치를 체득하도록 돕는 것이 중요합니다. 부모의 행동은 아이들에게 강력한 영향을 미치기 때문에, 존중과 배려, 책임감 있는 태도를 직접 실천하며 보여줄 필요가 있습니다. 가정에서 이러한 도덕적 교육은 자녀의 인격 형성에 튼튼한 밑거름이 됩니다.

다음으로 학교 교육에서의 도덕적 지도가 필요합니다. 학교는 아이들이 도덕적 가치와 실천을 배우는 장이어야 합니다. 교과 과정과 일상활동에서 협동학습을 통해 배려와 팀워크를 배우거나 토론을 통해 정직과 공정성을 익히도록 하는 활동이 효과적입니다.

또한 체험학습과 봉사활동은 도덕적 훈련을 강화하는 데 매우 유용합니다. 어린이들이 직접 봉사활동을 하거나 자연과 교감하는 경험을 통해 도덕적 가치를 몸으로 느끼고 체득할 수 있습니다. 실제로 타인을 돕는 과정이나 자연의 소중함을 체험하는 활동은 아이들이 도덕적 감각을 깊이 이해하고 내면화하는 데 큰 도움이 됩니다. 이러한 경험은 이론적으로 배운 도덕적 원칙을 실천하는 기회를 제공합니다.

마지막으로 교사와 부모는 아이들이 스스로 자신의 행동을 돌아보고 도덕적 성장의 중요성을 깨닫도록 도와야 합니다. 칭찬과 격려는 아이들이 도덕적 가치를 실천하려는 동기를 부여하며 도덕적 훈련을 꾸준히 이어가는 데 중요한 역할을 합니다.

3. 학문과 자기 수양의 병행

코비 : 소학에서 학문과 자기 수양을 병행해야 한다고 강조한 이유는 무엇이며 이 둘이 어떻게 서로를 보완하나요?

퇴계 : 소학에서 학문과 자기 수양을 병행해야 한다고 강조한 이유는 이 둘이 완전한 인간을 이루는 데 서로 필수적인 역할을 하기 때문입니다. 학문은 세상의 이치를 탐구하고 지식을 쌓아가는 과정

으로 세상을 이해하는 데 도움을 줍니다. 자기 수양은 도덕적 기준을 세워 학문을 바르게 활용할 수 있도록 합니다.

학문이 자기 수양 없이 이루어진다면 지식은 교만이나 이기적으로 사용될 가능성이 있습니다. 이는 학문의 본래 목적을 왜곡시키고 사회에 해를 끼칠 수도 있습니다. 반대로 자기 수양만으로는 세상의 이치를 제대로 이해하거나 지혜를 얻는 데 한계가 있습니다. 학문은 수양의 방향을 잡아주고 삶에서 올바른 결정을 내리는 데 필요한 근거와 통찰을 제공합니다.

코비 : 자기 수양은 현대인의 바쁜 삶 속에서 실천하기 어렵습니다. 이를 학문과 병행하며 꾸준히 실천하려면 어떻게 해야 할까요?

퇴계 : 성찰의 습관을 만드는 것이 중요합니다. 하루를 마친 후 자신의 행동과 생각을 되돌아보며 옳은 일과 잘못한 일을 구분하는 과정을 거쳐야 합니다. 이를 통해 자신을 객관적으로 바라보고 개선할 수 있는 부분을 찾을 수 있습니다.

또한 지식의 실천이 필요합니다. 학문에서 배운 것을 실제 삶에서 실천하려는 노력이 중요합니다. 역사에서 배운 교훈을 현재의 상황에 적용해보는 것처럼 학문의 지혜를 실제 행동으로 옮기는 연습을 해야 합니다. 이러한 과정이 지식을 살아 있는 도구로 만들어 줍니다.

또한 학문적 겸손을 유지하는 것이 필요합니다. 아무리 많은 것을 알고 있어도 모든 것을 알 수는 없음을 깨닫고 언제나 배우는 자세를 지니는 것이 중요합니다. 이는 교만을 방지하고 자신의 한계를 인정하며 성장할 수 있는 열린 마음을 갖도록 합니다.

이러한 방법들을 통해 학문과 수양은 자연스럽게 연결될 수 있습니다. 작은 습관과 실천에서 시작한 자기 수양은 학문을 바르게 이해하고 적용하는 데 필수적인 요소가 되며 이를 통해 우리는 더 지혜로운 삶을 살아갈 수 있습니다.

코비 : 학문과 자기 수양을 병행할 때 개인의 삶에서 어떤 변화가 일어나나요?

퇴계 : 학문과 자기 수양을 병행하면 개인의 삶에서 긍정적인 변화가 일어나며 이러한 변화는 사회에도 큰 영향을 미칠 수 있습니다.

먼저 학문을 통해 얻은 지식이 내면화되면 이를 실천하여 참된 지혜를 얻게 됩니다. 지혜는 우리가 삶의 여러 상황에서 현명한 결정을 내리도록 힘을 줍니다.

둘째, 학문은 타인을 이해하는 데 도움을 주고 자기 수양은 그들과 도덕적인 관계를 맺게 합니다. 우리는 타인의 입장을 더 잘 공감하고 상호 존중하는 태도를 통해 조화로운 관계를 형성할 수 있습니다.

셋째, 학문과 자기 수양은 삶의 목적과 방향을 분명히 하도록 돕습니다. 생존을 넘어 더 큰 성취감과 의미를 추구하게 됩니다. 자기 성찰과 학문적 탐구를 통해 우리는 삶에서 중요한 가치를 깨닫고 그 가치를 실현하려는 동기를 얻습니다.

개인의 변화는 사회적 발전에 영향을 미칩니다. 지혜로운 개인들이 사회의 구성원이 되면 공동체는 더 조화롭고 안정적인 방향으로 나아가게 됩니다.

4. 삶의 균형과 일탈 방지

코비 : 소학에서 강조한 삶의 균형이 인간의 본성과 행동에 어떤 영향을 미치나요?

퇴계 : 소학에서 강조한 삶의 균형은 인간의 본성과 행동을 조화롭게 유지하도록 돕습니다. 균형 잡힌 삶은 과도한 욕망이나 게으름으로 인한 일탈을 방지하고 도덕적 원칙에 따라 행동할 수 있는 기준을 제공합니다. 몸과 마음, 개인과 공동체, 일과 여가 사이에서 조화를 이루면 우리는 내면의 평화를 유지하고 책임을 다하며 건강하고 충만한 삶을 살 수 있습니다. 삶의 균형은 선한 본성을 지키고 올바른 방향으로 나아가게 하는 필수 조건입니다.

코비 : 소학에서 언급된 노래와 춤과 같은 예술적 활동이 일탈 방지에 중요한 이유는 무엇입니까?

퇴계 : 소학에서 언급된 노래와 춤과 같은 예술적 활동은 인간의 감정을 해소하고 내면의 균형을 유지하는 데 중요한 역할을 합니다. 이러한 활동은 부정적인 감정을 건강하게 발산하고 스트레스를 줄여 삶의 조화를 유지하며 일탈을 방지하도록 돕습니다. 예술적

활동은 자신을 표현하고 감정을 정리하며 삶의 기쁨과 의미를 찾는 과정으로 이어집니다.

이러한 가르침을 실천하기 위해 우리는 음악을 감상하거나 춤을 추고 그림을 그리거나 글을 쓰는 등 창조적 활동을 통해 감정을 표현할 수 있습니다. 또한 스포츠나 요가 같은 신체 활동을 통해 몸과 마음의 균형을 맞추고 연극이나 전시회와 같은 문화적 경험을 통해 내면의 풍요로움을 더할 수 있습니다.

이러한 예술적 활동은 스트레스를 관리하고 내적 평화를 유지하는 데 효과적이며 삶의 질을 높이는 데 큰 도움을 줍니다. 규칙적으로 이러한 활동을 일상에 포함시킨다면 우리는 더욱 건강하고 조화로운 삶을 살 수 있을 것입니다.

코비 : 삶의 균형을 유지하고 일탈을 방지하기 위해 일상에서 실천할 수 있는 구체적인 방법은 무엇인가요?

퇴계 : 시간을 효율적으로 관리하고 일과 여가, 휴식과 활동 사이에서 조화를 이루는 것이 중요합니다. 규칙적인 운동과 신체 활동은 스트레스를 해소하고 에너지를 재충전하는 데 도움이 됩니다.

또한 감정을 다스리기 위해 글쓰기나 음악감상 같은 창조적 활동을 통해 내면의 평화를 찾을 수 있습니다. 가족과 친구와의 대화나 소통을 통해 인간관계를 강화하고 명상이나 자기 성찰의 시간을 가지며 자신의 감정과 행동을 돌아보는 것도 효과적입니다.

여가활동이나 자연과의 교감을 통해 마음의 여유를 찾고 작은 목표를 설정해 이를 성취함으로써 삶의 활력을 더할 수 있습니다. 이러한 실천들은 삶의 조화를 유지하며 더 충만하고 건강한 삶을 살아가는 데 큰 도움을 줄 것입니다.

5. 현대 교육의 문제점과 소학의 가치

코비 : 현대 기초 교육에서 입시 중심의 문제점이 학생들의 도덕적 성장과 사회에 어떤 영향을 미치고 있나요?

퇴계 : 현대 기초 교육에서 입시 중심으로 치우친 교육은 학생들의 정신적 성장과 사회 전반에 여러 부정적인 영향을 미치고 있습니다.

먼저 인성교육의 부족이 심각한 문제로 나타납니다. 입시 위주의 교육은 성적과 지식 전달에 초점을 맞추기 때문에 학생이 도덕적 가치나 윤리의식을 충분히 배울 기회를 놓치게 됩니다. 이로 인해 학생들은 타인을 배려하거나 공동체의식을 키우기 어려워지며 경쟁 위주의 사고방식이 강화됩니다.

또한 창의성과 비판적 사고의 저하도 문제입니다. 암기 중심의 학습은 학생들의 창의적인 사고와 문제 해결 능력을 제한하며 실질적인 삶에서 필요한 응용력을 충분히 발달시키지 못합니다. 이로 인해 학생들은 시험을 잘 보기 위한 학습에만 집중하고 지식의 본질적 가치나 활용 방법을 잊게 됩니다.

입시 경쟁은 학생들에게 심리적 스트레스와 정신 건강 문제를 초래하기도 합니다. 과도한 학업 부담과 높은 기대는 불안과 우울감을 증가시키며 건강한 청소년기를 방해합니다. 이러한 환경은 학생들의 자존감을 약화시키고 전인적 성장을 저해하는 요인이 됩니다.

마지막으로 교육의 목적 왜곡과 사회적 불평등 심화가 발생합니다. 교육이 입시 성공을 위한 수단으로 전락하면서 학생들은 학습의 즐거움을 잃고 지식 탐구의 본질적인 의미를 깨닫기 어렵게 됩니다. 동시에, 사교육에 의존하게 되는 교육환경은 경제적 격차를 더욱 고착화하여 사회적 갈등을 유발할 위험을 높입니다.

결국 입시 중심의 교육은 개인의 정신적 성장을 방해할 뿐만 아니라 사회 전체의 조화와 발전에도 부정적인 영향을 미칩니다.

코비 : 선생님의 시대에도 학생들이 과거시험을 위한 공부에만 몰두하는 것을 걱정하셨다고 합니다. 당시에도 이러한 문제가 있었나요? 그리고 이에 대해 어떻게 생각하셨는지 궁금합니다.

퇴계 : 조선 시대에도 많은 학생이 과거시험 합격을 최고의 목표로 삼고 공부에 임했습니다. 과거시험은 관직에 오르는 중요한 길이었기 때문에 많은 이들이 이에 집착하였지요. 저는 이러한 현상을 매우 걱정했습니다. 학문은 도덕적 수양과 인격 완성을 위한 것이지, 지위나 명예를 얻기 위한 수단이 아닙니다.

시험 합격만을 목표로 하면 학문의 깊이와 의미를 잃게 됩니다. 과거시험에 합격한 후에도 도덕적 기준이 부족하다면 관직에서 올바르게 행동하지 못하고 부패나 비리를 저지를 수 있습니다. 이러한 관료들이 많아지면 사회 전체의 조화가 위협받게 됩니다. 저는 과거시험의 목적을 출세로 한정하지 말고 인격 완성과 도덕적 수양으로 확장해야 한다고 주장했습니다.

코비 : 현대는 인공지능AI의 시대로 진입 중입니다. 많은 변화가 예상되는데 학생들의 교육제도나 사회의 변화에 어떻게 적응해야 하나요?

퇴계 : 인공지능 시대에 대비하기 위해 교육과 사회는 기존의 방식을 넘어 새로운 방향으로 변화해야 하며 이 과정에서 소학小學의 가르침은 중요한 지침이 될 수 있습니다.

교육의 변화는 창의력과 비판적 사고를 중심으로 이루어져야 합니다. 단순히 지식을 암기하는 것을 넘어서 문제를 해결하고 새로운 아이디어를 창출하는 능력을 기르는 프로젝트 기반 학습과 융합형 교육이 필요합니다. 또한 기술 변화에 적응할 수 있도록 디지털 리터러시 교육을 강화하고 평생학습 체제를 도입해 지속적인 배움을 추구해야 합니다. 인성교육을 통해 AI 기술을 윤리적으로 활용할 수 있는 책임감을 함양하는 것도 중요합니다.

사회적으로는 AI로 인해 변화하는 노동시장에 대비하여 직업교육과 재교육 프로그램을 확대하고 사회적 안전망을 강화해야 합니다. 기술 개발 과정에서는 윤리적 기준을 마련하여 인간 중심의 기술이 발전할 수 있도록 방향을 제시해야 합니다. 또한 기술 발전으로 인한 소외나 격차를 줄이기 위해 사회적 연대와 협력이 필요합니다.

　소학의 가르침은 이러한 변화 속에서 중요한 역할을 할 수 있습니다. 소학은 도덕적 인격 형성과 자기 수양을 강조하여, AI 기술의 윤리적 사용을 돕고 인간관계를 개선하며 공동체의 조화를 이룰 수 있는 길을 제시합니다. 또한 평생학습과 자기 성찰의 자세를 통해 기술 변화에 유연하게 적응하고 책임감 있는 태도를 기르는 데 도움을 줍니다.

　AI시대에 교육과 사회는 기술 발전과 도덕성을 조화롭게 유지하는 방향으로 나아가야 하며 소학의 가르침은 이를 위한 도덕적 지침과 방향성을 제공하여 인간다운 삶을 지켜나가는 데 기여할 것입니다.

제4장 대학, 교육의 프로그램

대학의 가르침은 자신 안에 깃든 밝은 덕[明德]을 드러내고 사람들을 바르게 이끌 며 궁극적으로 완전한 이상을 실현합니다. 목표가 명확하면 자연스럽게 나아갈 방향이 정해지고 주저와 의혹이 사라져 마음은 고요하고 안정됩니다. 안정된 마음을 바탕으로 사물의 이치를 탐구하기 시작하면 이해와 지식이 저절로 뒤따르게 됩니다.

세상의 모든 일은 그 가치와 중요성에 차이가 있으며 일에는 반드시 순서와 우선 순위가 있습니다.

옛 성현들이 자신의 밝은 덕을 천하에 드러내고자 했을 때 가장 먼저 나라를 잘 다스리는 일을 목표로 삼았습니다. 나라를 잘 다스리기 위해서는 집안을 화목하게 만들어야 했고 집안을 화목하게 하려면 자신의 품성을 연마해야 했습니다. 품성을 연마하려면 감정을 다스리는 것이 필요했고 감정을 다스리기 위해서는 생각에 서 거짓을 제거해야 했습니다. 생각을 바르게 하기 위해서는 사물의 이치를 깊이 탐구하여 참된 지식을 얻어야 합니다.

사물의 이치를 탐구함으로써 지식을 얻게 됩니다. 참된 지식은 우리를 헛된 환상 에서 벗어나게 하고 자기기만에서 자유롭게 합니다. 그러면 마음의 평정을 찾게 되고 혼란스러운 감정도 치유됩니다. 그렇게 우리는 진정한 자신과 마주하게 되고 건전한 인격을 통해 가정을 화목하게 만들 수 있습니다. 화목한 가정은 나라의 안 정으로 이어지며 그 기반 위에서 온 세상의 평화가 싹트고 자라게 됩니다.

황제든 서민이든 모두 자신의 인격을 닦고 정신을 치유하는 것이 기본입니다. 근 본이 흐트러진 채로 가정의 화목이나 나라의 질서, 세상의 평화를 이루었던 적은 결코 없었습니다. 또한 자신의 가정을 돌보지 않으면서 사회적, 정치적 책임을 제 대로 수행한 것을 보지 못했습니다.

[대학大學] 경經 1장 : 성학십도/ 한형조 독해 참조

1. 왜 대학인가?

코비 : 대학大學이라는 이름에 담긴 의미는 무엇이며 소학小學과 어떻게 구별되나요?

퇴계 : 대학이라는 이름에는 '큰 배움' 또는 '위대한 학문'이라는 의미가 담겨 있습니다. 이는 지식을 습득하는 것을 넘어 인격적 완성과 사회적 기여를 추구하는 학문을 뜻합니다. 대학은 어린아이들의 기초 교육을 담당하는 소학小學과 대비되는 개념으로 성인을 대상으로 하는 고등 수준의 철학과 수양을 다룹니다.

소학은 주로 예절과 기본적인 가치를 가르쳐 인간으로서의 기초를 마련함에 초점을 맞춥니다. 대학은 그 기초 위에 학문을 통해 사회와 우주의 근본 원리를 탐구하며 인간의 내면을 완성하고 실현하려는 높은 수준의 교육을 제공합니다.

대학의 가르침은 본성을 밝히고[明明德], 타인과 공동체의 행복을 추구하며[親民], 최고의 선[至善]에 도달하려는 노력으로 구성됩니다. 대학은 인간다운 삶을 위한 배움과 수양을 상징하며 개인과 사회의 조화를 이루는 학문적 기반을 제공합니다.

코비 : 대학에서 강조하는 명명덕明明德, 친민親民, 지어지선止於至善의 가르침은 각각 어떤 의미를 가지며 현대 교육에 어떻게 적용될 수 있나요?

퇴계 : 명명덕, 친민, 지어지선의 가르침은 개인의 도덕적 완성과 사회적 조화를 이루기 위한 중요한 철학적 원칙을 담고 있습니다.

각각의 의미와 현대 교육에서의 적용 방안을 살펴보면 다음과 같습니다.

명명덕明明德은 자신의 내면에 있는 밝은 덕성을 깨닫고 더욱 빛나게 하는 것을 의미합니다. 인간 본래의 선한 본성을 일깨워 도덕적 완성을 이루는 과정입니다. 현대 교육에서 명명덕은 자기 성찰과 윤리교육으로 구현될 수 있습니다. 학생들이 자신의 내면을 돌아보고 도덕적 판단과 행동을 실천할 수 있도록 가르쳐야 합니다. 윤리적 딜레마를 다루는 교육이나 봉사활동을 통해 자신의 가치를 발견하고 성장하도록 돕는 방식이 이에 해당합니다.

친민親民은 타인과의 관계에서 덕을 베풀고 공동체의 행복과 이익을 위해 노력하는 것을 뜻합니다. 개인의 도덕적 가치를 타인과의 관계 속에서 실현하고 사회적 조화를 이루는 것입니다. 현대 교육에서는 팀 프로젝트, 커뮤니티 서비스, 협력학습을 통해 학생들이 타인과 소통하며 협력하는 법을 배울 수 있습니다. 더불어 글로벌 시민 교육을 통해 학생들이 지역 사회와 더 넓은 세계 속에서 책임 있는 역할을 하도록 도울 수 있습니다.

지어지선止於至善은 최상의 선을 목표로 삼고 그것에 도달하기 위해 끊임없이 노력하는 것을 의미합니다. 이는 도덕적 완성과 최고의 선을 향한 인간의 끝없는 열망과 노력을 나타냅니다. 현대 교육에서 지어지선은 학생들에게 평생학습의 중요성을 가르치고 단순한 성취를 넘어 인격적 성장과 사회적 기여를 목표로 삼도록 독려하는 데 적용될 수 있습니다. 문제 해결 중심의 학습이나 창의적 사고 훈련을 통해 학생들이 스스로 한계를 극복하고 끊임없이 발전하도록 도울 수 있습니다.

현대 교육은 지식 전달을 넘어서 학생들이 내면의 덕성을 개발하고(명명덕), 타인과 사회에 기여하며(친민), 더 나은 자신과 세상을 위해 끊임없이 노력하도록(지어지선) 돕는 방향으로 변화해야 합니다. 이를 위해 윤리교육, 협력과 나눔을 강조하는 프로그램, 창의적이고 자기 주도적인 학습환경을 제공함으로써 학생들이 도덕적, 사회적, 지적 완성을 향해 나아갈 수 있는 기회를 만들어야 합니다.

대학의 가르침은 개인의 성장과 사회의 발전을 동시에 이루기 위한 지혜로운 원칙으로, 현대 교육에서도 중요한 역할을 할 수 있습니다.

2. 자기 수양에서 시작되는 변화

코비 : 자기 수양이란 무엇이며 왜 그것이 변화의 시작입니까?

퇴계 : 자기 수양이란 자신의 내면을 다듬고 인격과 품성을 연마하는 과정입니다. 이는 생각과 행동을 진리와 도덕적 원칙에 맞게 조정하며 감정을 다스리고 올바른 판단을 내릴 수 있도록 하는 노력입니다.

자기 수양이 중요한 이유는 개인의 성장이 공동체의 조화로운 삶으로 이어지기 때문입니다. 자신을 바로 세우지 않고는 가족, 사회, 국가를 바르게 이끌 수 없습니다. 도덕적으로 성숙한 개인이 많아

질수록 사회는 신뢰와 조화를 이루며 서로를 배려하는 건강한 공동체가 형성됩니다. 따라서 자기 수양은 개인의 수양을 넘어, 더 나은 사회를 만드는 필수적인 기반이 됩니다.

코비 : 자기 수양을 시작하기 위해 가장 먼저 실천해야 할 것은 무엇입니까?

퇴계 : 자기 수양을 시작하기 위해 가장 먼저 실천해야 할 것은 감정을 다스리는 것입니다. 감정은 우리의 생각과 행동에 큰 영향을 미치며 제대로 다스리지 않으면 충동적인 결정이나 잘못된 행동으로 이어질 수 있습니다.

감정을 다스리는 과정에서 중요한 것은 마음의 평온을 유지하는 것입니다. 순간적인 감정에 휘둘리지 않고 차분하게 상황을 바라보며 이성적으로 판단하는 습관을 기르는 것이 필요합니다. 또한 생각을 진실하게 다듬어 거짓된 욕망이나 편견을 줄이고 삶의 원리를 깊이 탐구하면서 자기 성찰을 지속해야 합니다.

코비 : 감정과 생각을 다스리는 것이 자기 수양에서 중요한 이유는 무엇입니까?

퇴계 : 감정과 생각은 모든 행동의 근원이 되기 때문에 이를 제대로 조절하지 않으면 충동적이거나 그릇된 선택을 할 가능성이 있습니다. 반대로 감정을 안정시키고 생각을 진실하게 유지하면 성숙하고 도덕적인 판단을 내릴 수 있으며 내면의 평화를 유지할 수 있습

니다.

이를 실천하면 여러 긍정적인 변화가 나타납니다. 먼저 감정에
휘둘리지 않으면서 침착하게 문제를 해결할 수 있습니다. 또한 자
신을 성찰하고 조절하는 능력이 길러져 더 신뢰받는 사람이 될 수
있습니다. 나아가 내면이 평온해지면서 스트레스와 불안이 줄어들
고 더 깊은 통찰력과 집중력을 갖게 됩니다.

3. 지식 탐구와 진실된 사고

코비 : 지식 탐구는 삶과 사회에 어떤 긍정적인 변화를 가져올 수
있나요?

퇴계 : 지식 탐구는 진리를 이해하고 올바른 삶의 방향을 설정하
는 데 필수적인 요소입니다. 지식은 단순한 정보가 아니라 사물의
본질을 깊이 이해하고 이를 자신의 내면으로 받아들여 실제 삶에
적용하는 과정에서 의미를 찾습니다.

지식을 탐구하면 사고가 넓어지고 더 합리적이고 도덕적인 판단
을 내릴 수 있습니다. 이를 통해 삶의 질이 향상되고 스스로 성찰하
며 성장할 수 있는 기반이 마련됩니다. 깊이 있는 지식은 타인과의
관계에서 신뢰와 공감을 형성하며 공동체와 사회의 발전에도 기여
합니다.

코비 : 지식과 진실한 사고는 어떻게 연결되며 단순한 정보 습득

과 진정한 이해 사이에는 어떤 차이가 있나요?

퇴계 : 지식과 진실한 사고는 서로를 보완하며 지식이 올바르게 활용되기 위해서는 반드시 진실한 사고가 필요합니다. 지식은 사물의 이치를 탐구하여 얻은 객관적인 정보이며 진실한 사고는 그 지식을 바르게 해석하고 실천할 수 있도록 하는 힘입니다.

정보의 습득으로 사실을 받아들이며 진정한 이해는 그것을 깊이 숙고하고 자신의 가치관과 연결하여 삶에 적용하는 과정입니다. 정보를 받아들이는 것만으로는 올바른 판단을 내릴 수 없으며 비판적으로 검토하고 도덕적 기준을 고려할 때 비로소 유익한 지식이 됩니다. 지식이 진실한 사고와 결합하여 의미 있는 변화로 이어집니다.

코비 : 진실한 사고력을 기르기 위해 무엇을 할 수 있습니까?

퇴계 : 진실한 사고를 하기 위해서는 일상 속에서의 꾸준한 실천이 필요합니다.

첫째, 깊이 있는 질문을 던지는 습관을 기르는 것이 중요합니다. 왜? 어떻게?와 같은 질문을 통해 문제의 본질을 파악하려는 태도입니다.

둘째, 다양한 관점을 배우고 열린 사고를 유지하는 것이 필요합니다. 철학, 역사, 윤리 등 깊이 있는 주제의 책을 읽고 다른 사람들과 토론하며 사고의 폭을 넓히는 것이 도움이 됩니다.

셋째, 기록을 생활화하는 것도 효과적입니다. 하루 동안의 생각과 배운 점을 일기나 메모로 정리하며 자신의 가치관과 어떻게 연결되는지 숙고하는 습관을 들이면 사고의 깊이가 더해집니다.

넷째, 실천을 통해 경험을 쌓는 것입니다. 배운 지식을 실제 행동으로 옮기고 그 과정에서 얻은 깨달음을 통해 더욱 깊이 있는 이해를 할 수 있습니다.

4. 평화로운 세상은 개인의 성숙에서 시작

코비 : '대학'에서 말하는 평화로운 세상이 개인의 성숙에서 시작된다는 말은 무엇을 의미하며 개인의 성숙이 세상에 어떤 영향을 미칠 수 있나요?

퇴계 : 평화로운 세상은 개인이 인격의 완성을 통해 이루어진다는 의미입니다. 개인이 자신의 내면을 잘 다스리고 올바른 삶을 살지 못하면 가정에서부터 시작하여 사회와 국가의 평화까지 영향을 미치게 됩니다. 자신의 욕망이나 격정을 다스리지 못하는 사람은 가정이나 사회에서 갈등을 유발하게 되고 그 영향은 점차 더 큰 문제로 이어질 수 있습니다.

따라서 개인의 성숙은 자신의 문제를 해결하는 차원을 넘어 더 큰 공동체와 세상의 조화와 평화를 이루기 위한 필수적이고 기본적인 과정입니다. 개인의 도덕적 수양이 바로 세상의 평화로 이어지며 이는 모든 사람이 함께 노력해야 할 중요한 목표입니다.

코비 : 현대사회에서 외부 환경이나 제도를 탓하는 경우가 많은

데 개인의 성숙이 이러한 문제를 해결하는 데 중요한 열쇠가 될 수 있나요?

퇴계 : 현대사회에서 외부 환경이나 제도를 탓하는 경우가 많지만 진정한 변화는 개인의 성숙에서 시작됩니다. 아무리 좋은 제도와 환경이 갖춰져 있어도 이를 운영하고 실천하는 개인의 인격이 부족하면 제도는 본래 목적을 잃고 제대로 작동하지 않을 수 있습니다.

반대로 개인이 자신의 도덕적 기준을 실천하고 자신을 변화시키면 비록 환경이나 제도가 부족하더라도 점차 긍정적인 영향을 미치며 개선될 가능성이 커집니다. 개인의 변화는 가정에서 시작해 사회와 국가로 퍼져나가며 궁극적으로 더 큰 변화를 만들어냅니다. 따라서 개인의 성숙은 사회 문제를 해결하고 지속 가능한 발전을 이루는 데 가장 근본적이고 효과적인 열쇠가 될 수 있습니다.

제5장 백록동규, 지식 그리고 실천

세상을 살아가며 지켜야 할 덕목에는 다섯 가지가 있습니다. 부모와 자식 사이의 친애[父子有親], 군주와 신하 간에는 의로움[君臣有義], 부부 사이의 절제[夫婦有別], 연장자에 대한 존중[長幼有序], 친구 사이는 신뢰[朋友有信]입니다. 이들 덕목은 인간관계의 기본으로 오륜五倫과 오교五敎로 알려져 있습니다. 요임금과 순임금이 우임금에게 백성을 가르칠 직책을 맡겼던 이유도 바로 이 다섯 가지 덕목을 백성들에게 전하고 실천하게 하려 함입니다. 배운다[學]는 것은 다름 아닌 이 덕목을 익히는 과정입니다.

덕목을 익히는 과정은 다섯 단계를 거칩니다. 먼저 다양한 학습과 경험을 통해 지식을 넓히고[博學], 절실하게 질문하며[審問], 깊이 생각하고 성찰합니다[愼思]. 이어서 명확히 이해하고 판단하며[明辯], 그 지식을 실천으로 완성합니다[篤行]. 이것이 바로 학문의 길입니다. 이 중 첫 네 단계는 사물의 이치를 탐구하는 과정窮理이고 다섯 번째 단계는 실천實踐의 영역입니다.

실천은 자기 치유[修身], 업무 수행[處事], 대인관계[接物] 세 분야로 나뉩니다. 수신修身은 자신을 수양하고 치유하기 위함으로, 말은 진실하고 신뢰 있게 하며[言忠信], 행동은 신중하고 사려 깊게 합니다[行爲敬]. 분노를 다스리고[忿], 탐욕을 억제하며[欲], 선한 방향으로 마음을 돌립니다[善]. 처사處事, 업무를 수행할 때의 자세로 이익을 먼저 따지지 않고 그 일이 정당한지 먼저 묻습니다. 자신의 의무를 다하며 보상을 계산하지 않습니다. 접물接物은 대인관계에서 자신이 원하지 않는 것을 타인에게 요구하지 않습니다. 문제가 생겼을 때 남을 탓하기 전에 자신을 돌아봅니다.

[백록동서원白鹿洞書院] : 성학십도/ 한형조 독해 참조

1. 백록동규의 의미와 중요성

코비 : 백록동규白鹿洞規의 의미와 중요성은 무엇인가요?

퇴계 : 백록동규는 중국 남송 시대의 학자 주희朱熹가 설립한 백록동서원에서 제정한 학칙으로, 학문을 배우는 이들이 지식과 수양의 조화를 위해 지켜야 할 핵심 가치입니다.

첫째, 학문의 궁극적 목적을 깨닫는 것입니다.

둘째, 올바른 학습 태도를 유지하는 것입니다.

셋째, 실천을 통해 학문을 완성하는 것입니다.

이러한 가르침을 통해 학문과 수양은 분리되지 않고 함께 발전할 수 있습니다. 학문을 통해 올바른 원칙을 깨닫고 수양을 통해 그 원칙을 실천함으로써 개인과 사회가 함께 조화를 이루어나갈 수 있습니다.

2. 인간관계의 기본 덕목 : 오륜의 실천

코비 : 백록동규에서 강조하는 인간관계의 기본 덕목인 오륜五倫은 어떤 가르침을 주나요?

퇴계 : 백록동규에서 오륜五倫은 인간관계를 조화롭게 유지하기 위한 중요한 원칙입니다. 이는 사회 구성원들이 서로를 존중하고 신뢰하며 바른 관계를 형성하는 데 바탕이 됩니다.

첫째, 부자유친父子有親은 부모와 자식 사이의 친애를 뜻합니다. 부모는 자녀에게 사랑과 가르침을 베풀고 자녀는 부모를 공경하며 감사하는 마음을 가져야 합니다. 부모와 자식 간의 신뢰와 정서적 교감을 지속하며 서로를 이해하려는 노력이 중요합니다.

둘째, 군신유의君臣有義는 지도자와 백성, 혹은 상사와 부하 사이의 도리를 의미합니다. 지도자는 공정하게 다스리고 부하는 성실히 책임을 다해야 합니다. 직장이나 조직에서도 상사는 정당한 리더십을 발휘하고 부하는 신뢰를 바탕으로 성실하게 업무를 수행하는 것이 필요합니다.

셋째, 부부유별夫婦有別은 부부가 서로 존중하며 조화를 이루는 관계를 의미합니다. 부부는 각자의 역할과 책임을 존중하고 서로를 배려하며 신뢰를 바탕으로 가정을 이루어야 합니다. 가사와 육아, 경제적 역할을 공정하게 나누고 상호 존중하는 태도가 더욱 중요해 졌습니다.

넷째, 장유유서長幼有序는 연장자와 아랫사람 사이의 질서와 존중을 강조하는 원칙입니다. 연장자는 아랫사람에게 올바른 가르침과 모범을 보이며 젊은 세대는 어른을 공경하고 그들의 경험을 존중해야 합니다. 세대 간의 소통이 점점 줄어드는 현대사회에서는 서로 입장을 이해하고 배우려는 노력이 필요합니다.

마지막으로 붕우유신朋友有信은 친구 사이의 신의와 신뢰를 의미합니다. 친구는 서로 정직하고 신뢰를 바탕으로 관계를 맺어야 하며 어려울 때 도움을 주고받으며 의리를 지켜야 합니다. 진정한 우정을 유지하기 위해서는 약속을 지키고 서로를 존중하며 신뢰를 쌓는 태도가 중요합니다.

오륜은 과거의 전통적 가치에 머무르지 않고 현대사회에서도 인간관계를 원만하게 유지하는 중요한 원칙이 됩니다. 가족, 직장, 부부, 세대 간 관계, 친구 관계에서 서로를 존중하고 배려하며 신뢰를 쌓는 태도를 실천할 때 개인과 사회는 더욱 조화롭고 평화로운 방향으로 나아갈 수 있습니다.

3. 학문의 과정과 깊이 있는 탐구

코비 : 학문의 과정에서 지식 습득을 넘어 깊이 있는 탐구와 실천이 중요한 이유는 무엇이며 이를 실천하기 위해 갖춰야 할 태도와 방법은 무엇인가요?

퇴계 : 학문은 지식을 습득하는 데 그치는 것이 아니라 지식을 깊이 탐구하고 실천하며 삶에 적용하는 과정이 중요합니다. 지식이 실천과 연결되지 않으면 단순한 정보에 머물 뿐이며 올바르게 활용될 때 비로소 개인과 사회에 긍정적인 변화를 가져올 수 있습니다.

이를 실천하기 위해 비판적 사고와 성찰의 태도를 가져야 합니다. 주어진 정보를 수동적으로 받아들이는 것이 아니라 그 의미를 깊이 생각하고 올바른 방향으로 활용할 수 있도록 노력해야 합니다. 또한 책임감으로 지식을 실천하며 그것이 공동체와 타인에게 미치는 영향을 고려하는 자세가 필요합니다.

코비 : 백록동규에서 설명하는 학문의 다섯 가지 단계(박학, 심문,

신사, 명변, 독행)는 각각 어떤 의미를 가지며 학문이 어떻게 완성될 수 있나요?

퇴계 : 백록동규에서 설명하는 학문의 과정은 박학博學, 심문審問, 신사愼思, 명변明辨, 독행篤行의 다섯 가지 단계로 이루어져 있습니다. 이는 지식 습득을 넘어 깊이 있는 탐구와 실천을 통해 학문을 완성하는 길입니다.

박학博學은 폭넓게 배우는 과정입니다. 다양한 분야의 지식을 익히고 기본적인 학문적 토대를 마련하는 단계입니다. 이를 통해 우리는 세상을 이해하는 폭을 넓히고 사고의 깊이를 키울 수 있습니다.

심문審問은 배운 내용을 깊이 탐구하고 질문하는 과정입니다. 단순히 지식을 암기하는 것이 아니라 '왜 그런가?'라는 질문을 던지며 본질을 탐구하는 태도입니다. 이를 통해 지식이 더욱 명확해지고 진리에 가까워집니다.

신사愼思는 사려 깊은 성찰을 통해 지식을 내면화하는 과정입니다. 배운 내용을 곰곰이 되새기고 그것이 자신의 가치관과 삶에 어떤 의미가 있는지 숙고하는 단계입니다. 깊이 있는 사고를 통해 우리는 정보가 아닌 지혜를 얻을 수 있습니다.

명변明辨은 명확한 판단과 이해에 도달하는 과정입니다. 학문에서 중요한 것은 그것을 올바르게 해석하고 정리하는 능력입니다. 명변을 통해 우리는 배운 것을 체계적으로 정리하고 타당한 논리로 정리하여 더 확실한 지식으로 발전시킬 수 있습니다.

독행篤行은 배운 것을 실천으로 옮기는 것입니다. 깊은 지식을 쌓아도 행동으로 실천하지 않으면 학문은 완성되지 않습니다. 배운 가치나 원리를 일상에서 실천할 때 학문은 진정한 의미가 있게 됩니다.

이 다섯 가지 과정은 서로 단절되지 않고 유기적으로 연결되어야 합니다. 폭넓게 배우고 깊이 질문하며 사려 깊게 성찰하고 분명한 판단을 내린 후 실천할 때 학문은 지식을 넘어 삶의 지혜로 발전할 수 있습니다. 학문은 머리로만 익히는 것이 아니라 실천을 통해 더욱 깊어지고 완성된다는 점을 항상 기억해야 합니다.

코비 : 질문(심문)과 성찰(신사)이 학문을 깊이 있게 만드는 중요한 요소로 강조되었는데 이 두 과정이 학문적 탐구와 인간의 성장에 어떤 영향을 미치나요?

퇴계 : 질문(심문)과 성찰(신사)은 학문을 깊이 있게 만들고 인간의 성장을 이끄는 핵심적인 과정입니다.

심문審問, 즉 질문은 그 의미와 본질을 깊이 탐구하게 만듭니다. 질문을 통해 우리는 기존의 지식을 검토하고 새로운 관점을 모색하며 더 논리적이고 체계적인 사고를 발전시킬 수 있습니다. 끊임없는 질문은 우리의 사고를 확장시키고 지식을 더욱 견고하게 다지는 역할을 합니다.

신사愼思, 즉 성찰은 배운 지식을 내면화하고 그것을 자신의 삶과 연결하는 과정입니다. 단순한 정보의 축적이 아니라 그것을 깊이 생각하며 자신의 가치관과 삶에 적용하는 것이 중요합니다. 성찰을 통해 우리는 지식이 단순한 개념이 아니라 실천 가능한 지혜로 변하도록 만들 수 있습니다.

이 두 과정이 함께 이루어질 때 학문은 정보 습득에서 벗어나 깊이 있는 탐구로 발전합니다. 질문과 성찰은 학문을 더욱 의미 있게 만들고 인간의 성장과 실천적 지혜를 형성하는 중요한 역할을 합니다.

코비 : 학문을 실천으로 연결하는 독행篤行이 중요한 이유는 무엇이며 배운 지식을 삶에서 실천하기 위해 어떤 노력을 해야 하나요?

퇴계 : 학문을 실천으로 연결하는 독행篤行이 중요한 이유는 배운 지식이 행동으로 이어질 때 비로소 삶을 변화시킬 수 있기 때문입니다. 지식이 아무리 많아도 실천하지 않으면 그것은 단순한 정보에 불과하며 삶과 사회에 긍정적인 영향을 미치지 못합니다. 학문은 단순한 탐구에서 멈추는 것이 아니라 실천을 통해 완성되는 과정이어야 합니다.

현대인이 배운 지식을 삶에서 실천하기 위해서는 첫째, 배운 가치나 원칙을 일상에서 적용하려는 노력이 중요합니다. 정직의 가치를 배웠다면 약속을 지키고 책임 있는 행동을 실천해야 합니다.

둘째, 배운 지식을 타인과 나누는 것이 필요합니다. 학문은 혼자만의 발전을 위한 것이 아니라 공동체와 함께 성장하기 위한 것입니다. 배운 것을 나누고 토론하며 더 깊은 이해를 쌓고 이를 통해 실천의 동력을 얻을 수 있습니다.

셋째, 지속적인 성찰과 점검이 중요합니다. 배운 것을 실천하면서도 그것이 올바른 방향인지 끊임없이 성찰해야 합니다. 실천 과정에서 부족한 점을 보완하고 더 나은 방향으로 발전시키려는 노력이 필요합니다.

학문이 진정한 가치를 가지려면 행동으로 연결되어야 하며 작은 실천과 나눔, 성찰을 통해 현대인도 배운 것을 삶 속에서 의미 있게 적용할 수 있습니다.

4. 도덕적 실천 : 수신, 처사, 접물

코비 : 백록동규에서 강조하는 실천의 세 가지 요소인 수신修身, 처사處事, 접물接物은 각각 어떤 의미이며 어떻게 실천할 수 있나요?

퇴계 : 수신, 처사, 접물은 올바른 삶을 살아가기 위해 실천해야 하는 기본적인 덕목입니다.

수신修身은 자신을 수양하는 과정입니다. 거짓을 멀리하고 감정을 절제하며 올바른 행동을 실천하는 것이 핵심입니다. 자기 수양이 이루어져야만 타인과의 관계나 사회적 역할을 제대로 수행할 수 있습니다.

처사處事는 공적인 일이나 업무를 처리하는 태도를 의미합니다. 단기적인 이익보다 정당성과 도덕성을 우선하며 공정한 절차를 따르는 것이 중요합니다. 이는 신뢰를 쌓고 장기적인 성공을 이루는 데 필수적인 요소입니다.

접물接物은 타인과의 관계에서 도덕적 태도를 유지하는 것입니다. 상대를 존중하고 자신의 잘못을 성찰하며 공감하는 태도로 건강한 인간관계가 형성됩니다.

이 세 가지 요소를 실천하면 개인은 도덕적으로 성숙해지고 사회는 신뢰와 배려가 넘치는 조화로운 공동체로 발전할 수 있습니다.

코비 : 처사, 즉 업무나 비즈니스에서 도덕적 정당성을 유지하는 것이 왜 중요한가요? 또한 이익 중심의 사고방식이 일반화된 현대사회에서 정당성을 실천하기 위한 구체적인 방법은 무엇인가요?

퇴계 : 현대사회에서 처사는 업무나 비즈니스에서 도덕적 정당성을 유지하는 데 매우 중요한 가치입니다. 단기적인 이익만을 우선시하면 신뢰를 잃고 조직과 사회 전체의 안정성을 해칠 수 있습니다. 반면 도덕적 원칙과 정당성을 바탕으로 업무를 처리하면 장기적인 신뢰를 구축할 수 있습니다.

그러나 현대사회에서는 이익 중심의 사고방식이 일반화되어 있어 도덕적 정당성을 실천함이 쉽지 않습니다. 이를 위해 몇 가지 실천적인 노력이 필요합니다. 먼저 정직한 거래와 약속을 이행하는 태도가 중요합니다. 계약과 업무에서 투명성을 유지하고 신뢰를 기반으로 협력하여야 합니다. 또한 공정한 절차를 준수하는 것이 필수적입니다. 과정이 공정해야 결과도 정당성을 가질 수 있으며 부당한 이익을 취하지 않도록 원칙을 지키는 것이 중요합니다.

더 나아가 사회적 책임을 실천하는 자세가 필요합니다. 기업과 개인이 공동체의 이익을 고려하며 윤리적 경영과 공익활동에 적극적으로 참여할 때 사회 전체에 긍정적인 영향을 미칠 수 있습니다. 마지막으로 단기적인 이익보다 장기적인 신뢰를 중시하는 태도입니다. 순간적인 성공보다 지속적인 관계와 평판을 소중히 여길 때 더 큰 성취를 이루고 사회의 신뢰를 얻을 수 있습니다.

이러한 노력을 통해 업무와 비즈니스에서 정당성이 유지될 때 개인과 조직은 더욱 신뢰받는 존재가 될 수 있으며 사회가 건강하고 지속 가능한 방향으로 발전할 수 있습니다.

코비 : 타인과의 관계에서 중요한 덕목으로 접물接物이 강조되었는데 접물에서 요구되는 올바른 태도는 무엇입니까?

퇴계 : 접물은 타인과의 관계에서 올바른 태도를 유지하는 것을 의미하며 건강한 인간관계를 형성하는 중요한 덕목입니다. 접물에서 요구되는 올바른 태도는 크게 세 가지로 나눌 수 있습니다.

첫째, 상호 존중의 태도입니다. 타인을 대할 때는 본인의 입장에서만 생각하지 말고 상대의 감정과 입장을 배려해야 합니다. 자신이 원하지 않는 것을 타인에게 강요하지 않으며 공정하고 예의 바른 태도로 대하는 것이 중요합니다.

둘째, 자기 성찰의 자세입니다. 갈등이 발생했을 때 무조건 상대를 탓하기보다 먼저 자신의 행동을 돌아보고 자신의 실수나 부족한 점이 없는지 성찰하는 태도가 필요합니다. 이러한 자기 성찰을 통해 우리는 더 성숙한 인간관계를 형성할 수 있습니다.

셋째, 겸손한 마음가짐입니다. 자기 생각만 옳다고 고집하지 않고 타인의 의견을 존중하며 배우려는 태도가 중요합니다. 다른 사람의 장점을 인정하고 협력하려는 자세에서 인간관계는 더욱 조화롭게 유지될 수 있습니다.

이러한 겸물의 태도를 실천하면 사회적 신뢰가 형성되고 원만한 인간관계를 유지할 수 있습니다. 서로 존중하고 배려하는 문화가 자리 잡으면 사회는 안정되고 조화롭게 발전할 수 있으며 신뢰를 바탕으로 한 공동체의식이 강화됩니다.

5. 새로운 교육, 자율적 인간 형성

코비 : 기존의 교육방식의 한계를 극복하고 자율적 인간을 형성하기 위한 교육환경은 무엇인가요?

퇴계 : 기존의 교육방식은 지식 전달과 세속적 성공에 집중하여 학생들이 자율적이고 도덕적인 인간으로 성장할 기회를 충분히 제공하지 못하고 있습니다. 이를 극복하기 위해서는 학생 중심의 자율적 학습환경이 조성되어야 합니다.

첫째, 학생 주도적 학습환경이 필요합니다. 학생들이 단순히 교사의 가르침을 수동적으로 받아들이는 것이 아니라 주도적으로 탐구하고 질문하며 배울 수 있는 환경을 마련해야 합니다. 이를 위해 토론 기반 학습과 프로젝트 중심의 교육이 강조되어야 합니다.

둘째, 교사의 역할 변화가 필수적입니다. 교사는 지식 전달자가 아니라 도덕적 가치를 실천하는 모범이 되어야 합니다. 윤리교육을 강화하고 학생들에게 올바른 가치를 전달하며 학습을 독려하는 멘토의 역할을 수행합니다.

셋째, 실천 중심의 교육이 이루어져야 합니다. 학생들은 이론을 배우는 것에서 그치지 않고 사회 문제 해결을 위한 프로젝트와 봉사활동을 통해 지식을 실제로 적용하는 경험을 해야 합니다. 이를 통해 학습이 현실과 연결되고 사회적 책임감을 기를 수 있습니다.

이러한 교육환경과 방법을 통해 학생들은 스스로 사고하고 행동하는 자율적이고 주도적인 인간으로 성장할 수 있습니다.

코비 : 백록동규가 리더십에 주는 시사점은 무엇입니까?

퇴계 : 백록동규가 리더십에 주는 시사점은 학습과 실천의 균형, 조직문화 형성, 평생학습의 중요성입니다. 리더는 가치에 기반한 판단을 내리고 배운 것을 실천하며 조직 구성원들에게 본보기가 되어야 합니다. 이를 실천하기 위해 리더는 윤리적 기준을 우선하고 공정성과 책임감을 갖춘 의사결정을 해야 합니다.

또한 학습한 내용을 실천하는 지행합일知行合一의 태도를 유지하며 조직 내 실행 중심의 문화를 조성해야 합니다. 조직 내에서 성과 공유와 인정 체계를 마련하여 구성원들의 실천 동기를 높이고 지속적인 성장과 배움을 장려하는 평생학습 문화를 정착시키는 것도 중요합니다. 이러한 태도와 전략을 통해 리더는 조직과 사회에 긍정적인 변화를 이끌 수 있으며 백록동규의 가르침을 현대적 환경에서 실천할 수 있습니다.

제6장 심통성정, 마음의 본질과 역동

임은 정씨林隱 程氏는 이렇게 말했습니다.

심통성정心統性情이란, 인간이 자연으로부터 가장 정교한 오행五行의 기운을 받아 인의예지신仁義禮智信의 다섯 가지 덕성을 본질적인 역량으로 갖추고 이를 칠정七情을 통해 충분히 발현할 수 있다는 것을 뜻합니다.

심心은 성性과 정情을 모두 다스리는 중심 기관입니다. 심에는 두 가지 특성이 있습니다. 첫 번째는 자기 원인에 따른 본질적인 특성으로 이를 성性 혹은 마음의 본질이라고 부릅니다. 두 번째는 외부 자극에 반응하는 특성으로 이를 정情 혹은 마음의 활동이라고 합니다.

장자張子는 이를 심통성정心統性情이라고 표현했는데 이는 본질을 정확히 꿰뚫는 말입니다. 심이 성을 다스리고 있기에 인의예지仁義禮智는 성性에 속합니다. 그러나 동시에 우리는 "인의의 마음[仁義之心]"이라고도 표현합니다. 마찬가지로 심이 정을 다스리고 있기에 측은惻隱, 수오羞惡, 사양辭讓, 시비是非 같은 정서도 정情에 속하지만 측은의 마음, 수오의 마음, 사양의 마음, 시비의 마음이라는 표현이 존재하는 것입니다.

만약 심이 성을 제대로 다스리지 못하면 우리의 본질적 동기는 건전함을 잃고 성性이 손상되기 쉽습니다. 또한 심이 정을 다스리지 못하면 현재의 감정이 적절한 방향을 잃고 정情이 혼란스럽게 될 위험이 있습니다. 따라서 학문을 배우고자 하는 사람은 반드시 이 점을 기억해야 합니다. 먼저 자신의 심心을 바르게 교정한 뒤 성性을 기르고 정情을 절제하며 다스려야 합니다. 이것이 바로 학문의 길입니다.

[심통성정心統性情] : 성학십도/ 한형조 독해 참조

1. 마음의 구성요소와 역할

코비: 마음心은 성性과 정情을 조율하는 역할을 한다고 하셨습니다. 이러한 조화가 인간의 인격 형성과 삶의 균형에 어떻게 기여할 수 있나요?

퇴계: 마음은 인간의 본성性과 감정情을 조율하는 중심 역할을 합니다. 성은 본래 타고난 본성으로, 선한 덕목인 인仁, 의義, 예禮, 지智, 신信으로 나타납니다. 반면 정은 외부 자극에 대한 감정적 반응으로, 기쁨과 슬픔, 분노와 두려움 같은 감성적 요소들을 포함합니다.

마음이 성과 정을 조화롭게 유지할 때 자신의 선한 본성을 행동으로 실천할 수 있으며 과도한 감정에 휘둘리지 않고 이성적이고 균형 잡힌 삶을 살 수 있습니다. 화가 날 때 마음이 정을 잘 다스리면 감정을 절제하고 상대방을 이해하는 태도를 가질 수 있습니다. 또한 두려움에 직면했을 때 성의 원칙에 따라 용기 있게 행동할 수 있습니다.

마음이 성을 바탕으로 정을 조율하면 우리는 성숙한 인격을 형성하고 타인과 조화를 이루며 살아갈 수 있습니다. 이는 개인의 평온뿐만 아니라 가정과 사회의 평화로도 이어지며 도덕적이고 조화로운 사회를 만드는 기반이 됩니다.

코비: 성性은 인간의 선한 본성이라고 하셨습니다. 우리는 이 본성을 어떻게 이해하고 깨달을 수 있을까요?

퇴계 : 성은 인간이 태어날 때부터 지닌 선천적인 본성으로, 인의예지신仁義禮智信의 덕목으로 나타납니다. 인仁은 사랑과 자비의 마음, 의義는 올바름과 정의를 추구하는 마음, 예禮는 예의와 존중을 실천하는 마음, 지智는 지혜와 바른 판단력. 신信은 성실함과 진실된 태도입니다. 성은 모든 존재에 내재된 보편적 원칙으로, 인간의 도덕적 지향성을 나타냅니다.

코비 : 감정情이 마음에 큰 영향을 미친다고 하셨습니다. 감정을 다스리고 균형을 유지하기 위해 실천할 수 있는 구체적인 방법에는 어떤 것이 있나요?

퇴계 : 감정을 다스리고 균형을 유지하는 것은 내면의 평온을 유지하고 건강한 인간관계를 형성하는 데 중요한 요소입니다. 감정이 지나치게 흘러넘치거나 억눌리면 마음의 평정이 깨지고 우리 삶의 균형도 무너질 수 있습니다. 따라서 감정을 적절히 조절하는 방법을 익히는 것이 필요합니다.

먼저 자신의 감정을 정확히 인식하는 습관을 들이는 것이 중요합니다. 기쁨, 분노, 슬픔, 두려움과 같은 감정이 언제, 왜 생기는지를 스스로 살펴보고 이해하면 감정에 휘둘리지 않고 좀 더 차분하게 반응할 수 있습니다. 감정을 억누르거나 무시하는 것이 아니라 자연스러운 반응임을 인정하고 이를 적절히 표현하는 것이 필요합니다.

또한 호흡을 조절하고 명상을 실천하는 것도 감정의 균형을 유지하는 데 큰 도움이 됩니다. 깊고 느린 호흡은 긴장과 불안을 완화시켜 감정이 격해지는 것을 막아줍니다. 명상을 통해 마음을 차분하게 정리하고 감정이 지나치게 요동치지 않도록 조율할 수 있습니다.

감정을 긍정적으로 전환하는 태도도 중요합니다. 작은 것에도 감사하는 마음을 가지며 선한 행동을 실천하면 자연스럽게 기쁨과 만족감이 커집니다. 부정적인 감정은 오래 간직하지 않도록 주의해야 합니다. 억누르거나 감추기보다는 적절한 방법으로 표현하고 운동이나 산책과 같은 활동을 통해 스트레스를 해소하는 것이 좋습니다.

마지막으로 타인과 조화로운 관계를 형성하는 것도 감정 조절에 큰 도움이 됩니다. 타인의 감정을 배려하고 공감하며 감정이 격해질 때는 상대의 입장에서 한번 더 생각해보는 습관을 들이면 불필요한 갈등을 줄일 수 있습니다. 갈등이 발생했을 때 감정적으로 대응하기보다 차분하게 문제를 해결하려는 노력이 필요합니다.

감정을 다스리고 균형을 유지하는 것은 단순히 감정을 억제하는 것이 아니라 감정을 올바르게 이해하고 조절하는 과정입니다. 이러한 실천을 통해 우리는 더욱 평온한 마음을 유지하고 타인과의 관계에서도 신뢰와 존중을 쌓으며 조화로운 삶을 살아갈 수 있습니다.

2. 인의예지신, 다섯 가지 덕목과 실천 방법

코비 : 인의예지신仁義禮智信의 다섯 가지 덕목은 각각 어떤 의미를 가지며 현대사회에서는 이를 어떻게 실천할 수 있을까요?

퇴계 : 인의예지신은 타고난 본성을 다섯 가지 덕목으로 구체화한 것으로 바른 삶을 살아가기 위한 기본적인 원칙입니다. 이를 실천하는 방법은 다음과 같습니다.

인仁은 사랑과 자비의 실천으로 타인을 이해하고 돕는 마음입니다. 이를 실천하기 위해 우리는 주변 사람들의 감정과 필요를 공감하고 배려하는 태도를 가져야 합니다. 어려운 이웃을 돕거나, 봉사활동에 참여하며 타인의 실수를 너그럽게 받아들이는 것이 인의 실천입니다. 사회적으로는 차별과 편견을 없애고 더불어 살아가는 문화를 조성하는 것이 중요합니다.

의義는 올바름과 정의의 실천으로, 옳고 그름을 분별하며 정의를 실천하는 덕목입니다. 의를 실천하기 위해 우리는 정직한 태도를 유지하고 거짓을 멀리하며 부당한 일에 맞서는 용기를 가져야 합니다. 직장이나 사회에서 공정한 절차를 따르고 타인을 속이거나 부당한 이익을 취하지 않는 것이 이에 해당합니다.

예禮는 예의와 존중의 실천으로, 타인과의 관계에서 존중과 예의를 지키는 태도를 의미합니다. 일상에서 기본적인 인사, 존댓말 사용, 공공장소에서의 배려 등은 예를 실천하는 작은 행동들입니다. 또한 사회의 법과 규칙을 존중하고 공동체의 질서를 지키는 것도 예의 중요한 부분입니다. 개인 간의 관계뿐만 아니라 공공장소에서의 질서와 규범을 지키는 태도도 예의 실천에 포함됩니다.

지智는 지혜와 바른 판단력의 실천, 즉 상황을 명확하게 이해하고 바른 판단을 내릴 수 있는 능력을 의미합니다. 현대사회에서는 단순히 많은 정보를 습득하는 것이 아니라 정보를 분석하고 비판적으로 사고하는 능력이 중요합니다. 끊임없이 학습하고 다양한 관점을 수용하며 감정에 휘둘리지 않고 논리적이고 합리적인 결정을 내리는 것이 지의 실천입니다. 또한 자신의 행동을 돌아보고 반성하며 지속적으로 성장하려는 태도를 가지는 것도 중요합니다.

신信은 성실함과 신뢰의 실천, 즉 약속을 지키고 진실한 태도로 타인과 관계를 맺는 것을 의미합니다. 현대사회에서는 신뢰가 매우 중요한 가치로 작용합니다. 직장, 가족, 친구 관계에서 신뢰를 쌓기 위해서는 말과 행동이 일치해야 하며 약속을 가벼이 여기지 않는 태도가 필요합니다. 또한 숨김없이 진솔하게 소통하고 자신의 역할과 책임을 성실히 수행하는 것이 신의 실천입니다.

인의예지신의 다섯 가지 덕목은 우리의 일상 속에서 실천될 때 의미가 더욱 깊어집니다. 작은 행동부터 시작하여 덕목들을 습관화하고 꾸준히 자신을 돌아보며 실천할 때 개인의 인격이 성장하고 사회도 더 조화롭게 발전할 수 있습니다.

3. 칠정과 사단 : 감정의 분류와 이해

코비 : 칠정七情과 사단四端은 각각 어떤 감정적 요소를 포함하며 이를 조화롭게 다스리기 위해 어떤 노력이 필요한가요?

퇴계 : 인간이 경험하는 감정은 크게 칠정七情과 사단四端으로 나눌 수 있습니다. 칠정은 외부 자극에 대한 자연스러운 감정적 반응

이며 사단은 인간이 본래 지닌 도덕적 감정의 단서입니다. 이 두 가지 감정을 올바르게 이해하고 조절하는 것은 내면의 평화와 도덕적 성숙을 이루는 중요한 과정입니다.

칠정七情은 인간이 일상에서 느끼는 일곱 가지 기본 감정입니다.

희喜 : 기쁨과 만족을 느끼는 긍정적인 감정

노怒 : 불의와 좌절에서 비롯되는 분노

애哀 : 상실과 고통에서 비롯되는 슬픔

구懼 : 불확실한 상황에서 발생하는 두려움과 불안

애愛 : 사람이나 대상에 대한 사랑과 애정

오惡 : 불쾌하거나 거부감을 느끼는 미움과 혐오

욕欲 : 무엇인가를 원하거나 성취하려는 욕망

이러한 감정은 삶의 다양한 순간에 자연스럽게 발생하며 긍정적으로 활용하면 삶을 풍요롭게 하지만 조절되지 않으면 내면의 혼란을 초래할 수도 있습니다.

사단四端은 인간의 선한 본성에서 우러나오는 네 가지 도덕적 감정으로, 판단과 행동의 근거가 됩니다.

측은지심惻隱之心 : 타인의 고통에 공감하고 돕고자 하는 마음[仁]

수오지심羞惡之心 : 부끄러움과 정의감을 갖고 옳지 않은 행동을 미워하는 마음[義]

사양지심辭讓之心 : 겸손하고 배려하며 양보하는 마음[禮]

시비지심是非之心 : 옳고 그름을 분별하는 도덕적 판단력[智]

이 네 가지 감정은 인간이 본래 지닌 선한 본성에서 비롯되며 이를 잘 키워나가면 도덕적 삶을 실천할 수 있습니다.

칠정과 사단의 차이는 사단이 선천적으로 존재하는 도덕적 감정인 반면 칠정은 외부 자극에 의해 발생하는 감정이라는 점입니다. 칠정을 조절하여 감정을 이해하고 조절하는 연습은 감정을 다스리는 첫걸음입니다. 또한 측은지심, 수오지심, 사양지심, 시비지심의 도덕적 감정을 함양하고 선한 본성을 더욱 강화해야 합니다. 감정에 휘둘리지 않고 이성을 바탕으로 올바른 결정을 내리는 것은 감정과 이성의 조화를 이루는 것입니다. 이처럼 칠정과 사단을 조화롭게 다스릴 때 개인은 더욱 성숙한 인격을 형성할 수 있으며 타인의 감정을 이해하고 공감하는 능력이 향상됩니다.

4. 현대사회에서의 적용과 중요성

코비 : 리더가 심통성정心統性情을 조직에 적용하여 도덕적 리더십을 실천하려면 어떤 노력이 필요할까요? 인의예지신仁義禮智信의 덕목을 바탕으로 신뢰받는 리더가 되기 위한 구체적인 방법을 설명해 주세요.

퇴계 : 도덕적 리더십을 실천하기 위해서는 자의식과 감정 조절, 공정한 의사결정, 구성원과의 신뢰 형성이 필수적입니다. 이를 위해 리더는 인의예지신 다섯 가지 덕목을 바탕으로 조직을 이끌어야 합니다.

먼저 인仁은 공감과 배려를 의미합니다. 리더는 구성원의 입장을 이해하고 심리적으로 안전한 조직문화를 조성해야 합니다. 열린 소통을 통해 다양한 의견을 존중하며 협업을 장려하여 공동체의식을 강화하는 것이 중요합니다.

의義는 공정성과 책임을 실천하는 태도를 의미합니다. 리더는 개인의 이익보다 조직 전체의 공정성을 우선해야 하며 원칙에 기반한 의사결정을 내려야 합니다. 또한 윤리적 기준을 확립하고 불공정한 관행을 개선함으로써 조직의 신뢰를 높여야 합니다.

예禮는 존중과 소통을 중시하는 덕목입니다. 리더는 구성원 모두를 동등하게 대하며 상호 존중을 바탕으로 열린 커뮤니케이션을 실천해야 합니다. 비판보다는 협력과 이해를 중심으로 대화하며 조직 내에서 도덕적 기준을 직접 실천하는 모습을 보여야 합니다.

지智는 현명한 판단과 지속적인 학습을 강조합니다. 리더는 감정에 휘둘리지 않고 합리적 사고를 바탕으로 조직을 운영해야 하며 끊임없는 학습을 통해 변화하는 환경에 적응해야 합니다. 또한 객관적인 데이터와 정보를 기반으로 의사결정을 내려 조직의 성과를 향상시켜야 합니다.

마지막으로 신信은 신뢰를 구축하고 책임을 다하는 태도를 의미합니다. 리더는 정직하고 일관된 원칙을 유지하며 구성원과의 신뢰를 쌓아야 합니다. 조직 내에서 약속을 지키는 문화를 정착시키고 투명한 운영과 윤리적 경영을 실천하여 조직 전체의 신뢰도를 높이는 것이 중요합니다.

도덕적 리더십을 실천하는 리더는 조직 내 신뢰를 형성하고 공정한 문화를 조성하며 지속 가능한 발전을 이끌어갈 수 있습니다. 공감과 배려를 기반으로 조직의 유대감을 강화하고 공정성과 존중이 유지되는 환경에서는 구성원들이 자발적으로 성과를 창출하게 됩니다. 또한 사회적 신뢰를 형성하며 조직뿐만 아니라 공동체 전체의 발전에도 긍정적인 영향을 미칩니다.

제7장 인설, 성장이냐 쇠락이냐

주자는 이렇게 말했습니다.

인仁은 하늘과 땅이 생명을 탄생시키는 마음이자 인간이 그 마음을 받아 가진 본질적인 마음입니다.

감정이나 충동이 나타나기 이전, 인간의 마음속에는 이미 인의예지仁義禮智의 네 가지 덕목이 자리 잡고 있습니다. 그중에서도 인仁은 나머지 덕목을 포괄하며 전체적으로 모든 것을 아우르고 이끌어 갑니다. 그래서 인仁을 "생명의 본질", "사랑의 원리", "인仁의 바탕"이라 부르는 이유가 여기에 있습니다.

감정과 충동이 표출될 때 나타나는 사단四端 중에서도 측은惻隱은 그 본질을 대표하며 사랑의 감정을 상징합니다. 측은은 어디든 스며들지 않는 곳이 없기 때문에 "본질의 구현", "사랑의 감정", "인仁의 작용"으로 불립니다.

더 넓게 보면 감정이 발현되지 않은 상태를 '바탕[體]'이라 하고 감정이 드러난 상태를 '작용[用]'이라 합니다. 구체적으로 말하자면 인仁은 바탕이 되고 측은惻隱은 작용이 됩니다.

인仁을 실천하는 핵심은 공公에 있습니다. 공이란 자신의 이익을 넘어서 타인의 입장과 전체를 고려하는 태도를 말합니다. 공자께서도 인仁의 실천은 "사적인 자아를 극복하고 공적 질서로 돌아가는 것"이라고 하셨습니다. 이 공적인 태도는 스스로를 수양하며 동시에 타인을 사랑하는 마음을 키워줍니다.

따라서 가정에서는 효도와 형제애를 실천하며 사회에서는 타인을 배려하고 관용의 정신을 잊지 않아야 합니다. 이러한 자각은 인仁의 또 다른 속성인 지혜와도 연결되어 있습니다.

[인설도仁說圖] : 성학십도/ 한형조 독해 참조

1. 인의 본질과 의미

코비 : 인仁의 본질과 의미는 무엇입니까?

퇴계 : 인은 동양 철학에서 가장 근본적인 덕목으로 타인을 사랑하고 배려하는 마음을 의미합니다. 이는 천지가 만물을 낳고 기르는 근원적 생명력에서 비롯되며 인간의 본성으로 자리 잡고 있습니다. 인은 도덕적 판단과 행동의 출발점이자 사회적 조화를 이루는 핵심 요소로 작용합니다.

현대사회에서는 개인주의와 경쟁이 강조되면서 공동체의식이 약화될 위험이 있습니다. 그러나 인을 실천하면 타인의 감정을 이해하고 공감하며 배려와 존중을 바탕으로 건강한 인간관계를 형성할 수 있습니다. 특히 다양성과 포용이 중요한 현대사회에서는 문화와 가치관의 차이를 인정하고 협력하는 태도가 필수적입니다.

2. 공적 태도의 유지

코비 : 공적 태도[公]가 인仁의 실천과 어떻게 연결됩니까?

퇴계 : 공은 개인적인 이익을 넘어 공동체의 이익을 고려하는 태도이며 인의 실천과 직접 연결됩니다. 인은 타인에 대한 사랑과 배려를 뜻하고 공은 사회적 차원에서 적용하는 개념입니다. 개인이 자신의 이기심을 절제하고 공정한 판단을 내릴 때 인의 정신이 온전히 실현될 수 있습니다.

현대사회는 개인주의적 가치가 강조되면서 공적 태도의 중요성이 점점 더 커지고 있습니다. 이를 실천하기 위해서는 먼저 자신의 욕망과 편견을 인식하고 이를 조절하는 노력이 필요합니다. 타인의 의견을 경청하고 공정한 시각을 가지려는 노력도 중요합니다. 공동체 활동에 적극적으로 참여하며 공익을 위한 행동을 실천하는 것도 도움이 됩니다. 공정한 의사결정을 내리고 윤리적 기준을 준수하는 태도를 유지하는 것이 중요합니다. 이러한 노력이 쌓이면 사회적 신뢰가 형성되고 함께 성장하는 조화로운 공동체가 만들어질 것입니다.

3. 인과 공의 실천

코비 : 현대사회에서 인仁과 공公을 실천하기 위한 구체적인 방법은 무엇인가요?

퇴계 : 현대사회에서 인과 공을 실천하는 다음과 같은 방법들이 있습니다.

첫째, 일상에서의 실천입니다. 작은 친절을 베푸는 것부터 시작하여 타인에게 배려를 실천하는 것이 인의 첫걸음입니다. 주변 사람들에게 친절하게 대하고 도움이 필요한 이들에게 작은 도움을 주는 것은 사회적 연대를 강화하는 역할을 합니다. 또한 공정한 행동 역시 중요합니다. 규칙과 법을 준수하며 공정한 태도로 타인과 상호작용하는 것은 공의 가치를 생활 속에서 구현하는 기본적인 방법입니다.

둘째, 교육과 자기 개발입니다. 인문학적 소양을 함양하는 것은 철학, 역사, 문학을 통해 인간의 도덕적 가치를 깊이 이해하는 데 도움을 줍니다. 윤리교육을 통해 도덕적 판단력과 인의 실천 방법을 배울 수 있습니다. 또한 다양한 교육 과정을 통해 공정성과 정의에 대한 깊은 이해를 쌓고 이를 실생활에서 실천할 수 있도록 해야 합니다.

셋째, 사회적 참여와 봉사입니다. 자원봉사활동은 지역 사회에 기여하는 방법으로 공동체에 대한 책임을 다하는 중요한 방식입니다. 사회적 약자를 돕고 봉사하는 것은 인의 정신을 구현하는 대표적인 방법입니다. 또한 사회적 이슈에 관심을 갖고 적극적으로 참여하는 것 역시 중요합니다. 사회 문제를 해결하기 위한 목소리를 내고 공공의 이익을 위한 참여 활동을 통해 공의 가치를 실천할 수 있습니다.

인과 공은 작은 행동들을 통해 일상 속에서 실천될 수 있으며 이를 통해 개인과 사회가 함께 성장할 수 있습니다.

4. 인, 성장과 쇠락

코비 : 인仁이 개인의 성장과 쇠락에 미치는 영향은 무엇이며 이를 통해 우리가 배울 수 있는 교훈은 무엇인가요?

퇴계 : 인은 개인의 정신적 성장을 이끄는 핵심 요소입니다. 인을 실천하는 사람은 타인과 조화로운 관계를 유지하며 내면의 평화와

만족을 얻습니다. 또한 자신의 욕망을 절제하고 선한 행동을 실천함으로써 자아를 성숙시키고 도덕적 기준을 확립합니다. 이러한 과정은 개인에게 신뢰와 존경을 가져다주며 삶의 질을 높이는 데 기여합니다.

반면 인을 무시하고 이기적인 태도의 사람은 타인과의 관계에서 갈등을 초래하며 사회적으로 고립될 가능성이 큽니다. 이기심과 도덕적 타락은 정신적 불안과 신뢰의 상실로 이어질 수 있으며 궁극적으로 개인의 삶을 황폐하게 만듭니다. 우리는 인의 실천이 단순한 윤리적 덕목을 넘어 개인의 성장과 삶의 질을 결정짓는 중요한 요소임을 알아야 합니다.

코비 : 인仁의 실천이 사회의 성장과 쇠락에 미치는 영향은 무엇이며 현대사회에서 이를 어떻게 적용할 수 있을까요?

퇴계 : 사회적 차원에서 인은 공동체의 신뢰와 협력을 증진하는 중요한 역할을 합니다. 인을 실천하는 사회에서는 구성원들 간의 유대감이 강화되며 도덕적 기준이 확립됨으로써 범죄와 부패가 감소하고 사회적 안정이 이루어집니다. 신뢰를 기반으로 한 협력은 경제적 발전과 공정한 사회 질서를 확립합니다.

인이 부족한 사회는 분열과 갈등이 증가하며 개인주의적 태도가 만연해 협력이 어려워집니다. 이는 사회적 신뢰가 감소하고 경제적 쇠퇴와 도덕적 혼란을 초래할 수 있습니다. 역사적으로도 도덕적 가치를 존중하는 사회는 번영했지만 부패와 도덕적 타락이 만연한 사회는 쇠퇴하고 몰락한 사례가 많습니다.

지도자들이 인을 바탕으로 공정한 사회를 이끌어나가야 하며 기업과 조직에서도 윤리 경영과 사회적 책임을 강조해야 합니다. 개인 차원에서는 일상에서 배려와 공감을 실천하고 사회적 연대와 협력을 촉진하는 것이 필요합니다. 인의 가치를 확산시키는 것은 개인과 사회 모두의 지속 가능한 발전을 위한 필수적인 요소입니다.

5. 인의 교육과 훈련

코비 : 효과적인 인仁 교육과 훈련 방법으로 제시된 철학적 교육, 경험 기반 학습, 멘토링 등이 삶에서 어떻게 활용될 수 있습니까?

퇴계 : 인을 체화하기 위한 교육과 훈련은 개인이 인의 본질을 깊이 이해하고 도덕적 가치관을 형성하며 이를 실천할 수 있도록 돕는 중요한 과정입니다. 교육을 통해 철학적 지식과 윤리적 의미를 배움으로써 도덕적 판단력을 키울 수 있으며 반복적인 실천과 경험을 통해 인을 생활 속에서 자연스럽게 실천하는 습관을 형성하게 됩니다.

이 과정에서 개인은 지식 습득을 넘어 자신의 내면을 성장시키고 정신적 성숙을 이루게 됩니다. 또한 타인과의 관계에서 공감 능력을 기르고 신뢰를 바탕으로 한 조화로운 공동체를 형성하는 데 기여할 수 있습니다.

제8장 심학, 마음의 실전 수련

임은 정씨林隱 程氏는 이렇게 말했습니다.

어린아이의 마음[赤子心]은 이기적인 욕망에 물들지 않은 순수한 양심을 뜻합니다. 인간의 본성을 움직이는 힘에는 두 가지가 있습니다. 하나는 사적 충동으로 이는 신체적 욕구와 관련된 것입니다. 다른 하나는 공적 충동으로 우주적 가치를 따르는 마음입니다.

사적 충동과 공적 충동의 균형을 위해 우리는 두 가지 원칙을 따라야 합니다. 첫째는 신중하게 선을 선택하는 것이고 둘째는 선택한 선을 굳게 붙잡는 것입니다. 이 과정은 사적 욕구를 억제하고 우주의 본질을 체화하기 위한 학문적 훈련입니다. 사적 충동을 막기 위해 신독愼獨을 실천해야 합니다. 신독이란 혼자 있어도 스스로 삼가는 것을 의미합니다. 이 훈련이 완성되어 부동심, 즉 흔들리지 않는 경지에 이르면 부귀로 유혹할 수도 빈천으로 타락할 수도 없습니다. 이 상태에서 도道가 밝아지고 덕이 선명해집니다.

우주적 본질을 체화하는 훈련에서 중요한 것은 계구戒懼입니다. 계구는 두려워하며 스스로 삼가는 것을 뜻합니다. 이 훈련이 완성되어 종심의 경지에 이르면 마음의 충동을 따르더라도 도道를 벗어나지 않습니다. 마음이 곧 우주의 중심이며, 욕구가 곧 우주의 의지이고, 몸이 곧 우주의 도구이며, 활동이 곧 우주의 정의입니다. 이 경지에서는 내가 말하는 것이 기준이 되고 내가 행동하는 것이 법도가 됩니다.

모든 훈련의 중심에는 경敬이 있습니다. 경은 마음[心]을 바르게 하는 힘이며 몸과 마음의 중심이 됩니다. 학문을 하는 사람은 주일무적主一無適 하나에 집중하여 흔들리지 않음이며, 정제엄숙整齊嚴肅 단정하고 엄숙함이고, 기심수렴基心收斂 마음을 모으고 가다듬음을 실천합니다. 이 과정이 완성되면 성인의 경지에 자연스럽게 이를 수 있습니다.

[심학도설心學圖說] : 성학십도/ 한형조 독해 참조

1. 심학에서 다루는 마음의 개념들

코비 : 심학心學에서 강조하는 '어린아이의 마음[赤子心]'과 '성숙한 마음[大人心]'은 각각 어떤 특징이 있습니까?

퇴계 : 어린아이의 마음[赤子心]은 인간이 태어날 때 지닌 순수하고 이기적 욕망에 물들지 않은 본래의 선한 마음입니다. 이 마음은 순수하고 해악이 없지만 도덕적 판단력이나 사회적 책임이 결여되어 있습니다. 성숙한 마음[大人心]은 도덕적 판단과 공적 책임을 내재한 상태로 수양을 통해 개인적인 욕망을 넘어 공공의 이익을 고려하며 사회적 조화를 이루려는 태도를 가집니다.

적자심에서 대인심으로 발전하기 위해서는 감정과 욕망을 절제하고 도덕적 원칙을 내면화하며 공공의 선을 위해 실천하는 노력이 중요합니다. 이를 통해 우리는 정신적으로 성숙하며 사회적 책임을 다하는 존재로 성장할 수 있습니다.

코비 : 심학에서 '일신주재一身主宰, 허령지각虛靈知覺'이라는 개념이 마음의 본질을 설명하는 중요한 원칙이라고 하셨는데 이 개념이 의미하는 바와 실천 방법은 무엇인가요?

퇴계 : 일신주재一身主宰는 마음이 자신의 몸과 삶을 주관하는 중심이라는 의미입니다. 외부 환경이나 감정에 흔들리지 않고 마음을 다스릴 수 있어야 한다는 것입니다. 수양을 통해 감정을 조절하고 올바른 선택을 내릴 수 있도록 노력해야 합니다.

허령지각虛靈知覺은 마음이 맑고[虛] 영묘[靈]하며 사물을 바르게 인식[知]하고 깨닫는[覺] 능력을 지닌다는 뜻입니다. 마음이 고요하고 순수할 때 사물의 본질을 명확하게 볼 수 있으며 판단이 올바르게 이루어집니다. 이를 실천하기 위해서는 욕망과 집착을 버리고 명상이나 수양을 통해 마음을 맑게 유지하는 것이 중요합니다.

이 두 개념을 실천함으로써 개인은 내면의 중심을 잃지 않고 건강한 삶을 살아갈 수 있으며 외부 환경에 흔들리지 않는 안정된 인격을 형성할 수 있습니다.

코비 : 심학에서 도심道心과 인심人心의 차이는 무엇입니까?

퇴계 : 도심은 도덕적 원칙과 공적인 가치를 따르는 마음으로 선한 본성을 바탕으로 옳고 그름을 판단하는 역할을 합니다. 인심은 개인적인 욕망과 감정에 따라 움직이는 마음으로 감정적 반응과 사적 이익을 추구하는 성향입니다. 이 두 마음의 조화를 위해서는 도심을 강화하고 인심을 절제하는 노력이 필요합니다.

코비 : 심학에서 강조하는 존천리存天理와 알인욕遏人慾의 의미는 무엇인가요?

퇴계 : 존천리는 하늘의 이치天理를 보존한다는 의미로 인간이 지닌 선한 본성을 유지하고 도덕적 원칙을 따르는 것을 말합니다. 인의예지신仁義禮智信의 도덕적 덕목을 실천하며 올바른 삶의 방향을 유지하는 것입니다.

알인욕은 욕망을 절제한다는 의미로 사사로운 욕심이나 감정에 휘둘리지 않는 것을 뜻합니다. 감정과 욕망은 자연스러운 것이지만 절제하지 않으면 판단을 흐리게 하고 자신과 타인에게 해를 끼칠 수 있습니다.

코비 : 신독愼獨, 극복克復, 심재心在, 정심正心, 구방심求放心, 사십부동심四十不動心과 같은 알인욕 공부법은 어떻게 실천할 수 있습니까?

퇴계 : 알인욕 공부법은 욕망과 감정을 조절하여 정신적 성숙을 이루는 것을 목표로 합니다. 신독은 혼자일 때에도 원칙을 지키는 것이며 극복은 본성을 회복하는 노력입니다. 심재는 마음을 집중시키고 흔들리지 않도록 하는 훈련이며 정심은 마음을 올바르게 조정하여 도덕적 기준을 유지하는 것입니다. 구방심은 잃어버린 선한 마음을 다시 찾는 과정이며 사십부동심은 원칙과 기준이 완전히 내면화되어 감정이나 욕망에 흔들리지 않는 경지를 말합니다.

이러한 공부는 자신의 감정을 잘 조절할 수 있으며 도덕적 판단력이 강화됩니다. 또한 내면의 평정과 원칙을 유지하는 힘이 길러지며 일상에서 도덕적인 삶을 자연스럽게 실천할 수 있습니다.

코비 : 존천리存天理 공부법은 어떤 것이 있으며 어떻게 실천할 수 있습니까?

퇴계 : 존천리 공부법은 도덕적 내면을 강화하고 선한 본성을 유지하며 올바른 판단력을 기르는 방법입니다. 이를 실천하기 위해서는 꾸준한 자기 성찰과 마음을 다스리는 노력이 필요합니다. 대표

적인 실천 방법으로는 계구戒懼, 조존操存, 심사心思, 양심養心, 존심存心, 종심소욕불유구從心所欲不踰矩 등이 있습니다.

먼저 계구는 늘 경계하고 신중한 태도를 유지하는 것입니다. 사소한 잘못도 가볍게 여기지 않으며 도덕적 기준에서 벗어나지 않도록 자신을 점검해야 합니다.

조존은 선한 본성을 지속해서 마음에 간직하는 것을 의미합니다. 본성이 흐려지지 않도록 꾸준히 유지하는 연습을 통해 바른 삶을 실천해야 합니다.

심사는 자신의 마음을 깊이 성찰하고 원칙에 따라 행동하고 있는지를 점검하는 과정입니다. 이를 통해 자기를 돌아보고 올바른 길로 나아가도록 해야 합니다.

양심은 마음을 단련하고 기르는 것을 의미합니다. 단순히 도덕적 가치를 아는 것에서 그치는 것이 아니라 선한 행동을 꾸준히 실천하여 몸에 익히는 것입니다.

존심은 본성을 지키고 올바른 마음가짐을 유지하는 태도입니다. 외부의 유혹이나 감정에 휘둘리지 않고 중심을 지키며 흔들림 없는 태도를 유지합니다.

마지막으로 종심소욕불유구는 마음이 원하는 대로 행동하되 원칙에서 벗어나지 않도록 절제와 수양을 지속하는 것을 의미합니다. 이를 통해 자연스럽게 도덕적 삶을 실천할 수 있도록 노력해야 합니다.

이러한 존천리 공부법을 실천함으로써 내면의 도덕성을 강화하고 삶의 모든 순간에서 올바른 판단을 내리는 힘을 기를 수 있습니다.

2. 두 갈래의 훈련, 인심의 제어와 도심의 육성

인심人心은 늘 위태 불안하다. 반면에 도심道心은 미약하여 잘 관찰되지 않는다. 마음에서 이 둘이 뒤섞여 나오는데, 이를 다스리지 못하면 위태로운 것은 더 위태로워지고 미약한 것은 더욱 미약해진다. 도심이 우주적 충동이라면 인심은 자기보존의 욕구이며 개인적 관심의 발로이다. 그러므로 주자학의 공부는 인심의 위태로움을 제어하는 한편, 도심을 보존하고 육성해나가는 두 길로 요약된다. 첫 번째 길을 알인욕遏人慾, 두 번째 길을 존천리存天理라 부른다.

[성학십도/한형조 독해]

코비 : 우리는 어떻게 마음을 수양하고 어떻게 자신을 통제할 수 있습니까?

퇴계 : 마음을 수양하고 자신을 통제하기 위해서는 인심의 제어와 도심의 육성이라는 두 가지 훈련이 필요합니다. 인심은 인간이 본능적으로 가지는 자기 보존의 욕구이며 도심은 하늘이 부여한 본래의 선한 마음입니다. 이 둘이 뒤섞여 나오기 때문에 이를 적절히 다스리지 않으면 인심은 더욱 위태로워지고 도심은 더욱 미약해질 수 있습니다.

이를 바로잡기 위해 첫 번째 길은 '알인욕', 즉 인심의 지나친 욕망을 절제하는 것입니다. 인간은 감정과 욕망을 지니고 있으며 이를 적절히 다스리지 않으면 도덕적 기준을 벗어나게 됩니다. 그러므로 스스로를 경계하고 반성하며 지나친 욕심이 생기지 않도록 절제함이 중요합니다. 절제는 단순한 억압이 아니라 욕망을 올바르게 조절하여 균형을 이루도록 하는 과정입니다.

두 번째 길은 '존천리', 즉 도심을 보존하고 육성하는 것입니다. 도심은 인간이 본래 가지고 있는 선한 본성이며 이를 지속적으로 유지하고 기르는 것이 중요합니다. 도심을 키우기 위해서는 끊임없는 성찰과 배움이 필요하며 도덕적 원칙을 실천하는 삶을 살아야 합니다. 명상과 독서를 통해 자신의 내면을 가다듬고 선한 행동을 실천하며 도심을 더욱 강하게 만들어야 합니다.

궁극적으로 마음을 수양하고 자신을 통제하는 것은 인심의 욕망을 절제하고 도심의 선한 본성을 길러가는 과정입니다. 이 두 가지를 함께 실천할 때 비로소 조화로운 마음을 유지할 수 있으며 올바른 길로 나아갈 수 있습니다.

제9장 경재잠, 주시와 집중의 힘

옷 매무새를 단정히하고 시선은 경건하게 둡니다. 마음을 고요히 가다듬어 거처하되 마치 하늘의 신 앞에 서 있는 듯한 자세로 임해야 합니다.

발걸음은 신중하고 무겁게 내딛으며 손은 단정히 모읍니다. 어디에 발을 디딜지 주의하며 처신할 때는 마치 개미집을 지나듯 조심해야 합니다.

집 밖을 나서면 사람들을 손님처럼 대하고 일을 처리할 때는 제사를 모시듯 정성을 다합니다. 언제나 조심스럽고 두려운 마음으로, 소홀함이 없도록 해야 합니다.

입은 단단히 다물고 의지는 성벽처럼 굳건해야 합니다. 진실과 경건을 잃지 않으며 어느 것 하나 가볍게 여기지 않습니다.

동쪽으로 갈 때는 서쪽을 돌아보지 않고 남쪽으로 갈 때는 북쪽에 흔들리지 않습니다. 오직 현재에 집중하며 어디로도 마음이 산만해지지 않습니다.

마음을 두 갈래로 나누지 말고 하나로 모아야 합니다. 집중된 마음이 변화 속에서도 중심을 잃지 않고 모든 것을 다스릴 수 있습니다.

이것이 '경敬의 실천'입니다. 움직이거나 멈출 때에도 경의 자세를 지키면 내면과 외면이 조화를 이루고 완전함에 이를 것입니다. 그러나 단 한 순간이라도 경을 잃으면 사욕私欲이 끝없이 일어나고 불이 없어도 뜨겁고 얼음이 없어도 얼어붙는 혼란에 빠집니다.

작은 일 하나라도 경이 어긋난다면 하늘과 땅이 뒤집히고 모든 질서가 무너집니다. 삼강三綱은 허물어지고 아홉 가지 법도[九法]도 사라집니다.

아, 아이야! 이를 잊지 말고 깊이 새겨라.

나는 이 가르침을 검은 글자로 적어 내 마음속에 새겨두노라.

주자의 [경재잠敬齋箴] : 성학십도/ 한형조 독해 참조

1. 현재에 집중하고 산만함을 경계하라

코비 : 경제잠에서는 "동쪽으로 갈 때는 서쪽을 돌아보지 않고 남쪽으로 갈 때는 북쪽에 흔들리지 않는다"라는 표현을 통해 목표를 향해 흔들림 없이 나아가고 현재에 집중하는 태도의 중요성을 강조합니다. 현대사회에서는 정보의 홍수와 멀티태스킹이 일상화되면서 주의력이 쉽게 분산됩니다. 현대사회에서 집중력을 유지하기 위해 어떤 실천 방법이 필요하며 우리는 일상에서 어떻게 현재에 더욱 몰입할 수 있을까요?

퇴계 : 현대사회에서 집중력을 유지하기 위해서는 주의력을 흐트러뜨리는 요소를 줄이고 의식적인 몰입 습관을 기르는 것이 중요합니다. 첫째, 디지털 기기 사용을 조절해야 합니다. 스마트폰 알림을 최소화하고 특정 시간 동안 집중할 수 있는 환경을 조성하면 불필요한 방해를 줄일 수 있습니다.

둘째, 몰입을 위한 시간 관리가 필요합니다. 일정한 시간 동안 하나의 일에만 집중하는 기법(25분 집중 후 5분 휴식)이나 중요한 작업을 하는 골든타임을 설정하는 것이 효과적입니다.

셋째, 마음챙김과 명상을 통해 현재에 집중하는 연습을 할 수 있습니다. 매일 짧은 시간이라도 호흡을 가다듬고 현재 순간에 머무르는 연습을 하면 주의가 분산되는 것을 방지할 수 있습니다.

마지막으로 하나의 목표에 집중하는 습관을 길러야 합니다. 동시에 여러 가지 일을 하는 멀티태스킹을 줄이고 한 가지 과업에 몰입하면 깊이 있는 사고와 효율성을 높일 수 있습니다. 이러한 실천을 통해 우리는 산만함을 극복하고 현재 순간에 더욱 몰입할 수 있습니다.

2. 작은 행동 하나하나에 신중함과 정성을 다하라

코비 : "집을 나서면 사람들을 손님처럼 대하고 일을 처리할 때는 제사를 모시듯 정성을 다한다"라는 표현은 타인을 존중하고 모든 일에 최선을 다하는 태도의 중요성을 강조합니다. 현대사회에서 빠른 성과와 효율성을 중시하는 문화 속에서도 신중함과 정성을 다하는 태도를 유지하기 위해 우리는 어떤 노력을 기울여야 할까요?

퇴계 : 빠른 성과와 효율성이 강조되는 현대사회에서도 신중함과 정성을 다하는 태도를 유지하려면 의식적인 태도 변화와 지속적인 실천이 필요합니다.

먼저 모든 일에 의미를 부여하고 최선을 다하려는 마음가짐을 가져야 합니다. 단순한 일이라도 가볍게 여기지 않고 그 과정에서 배울 점을 찾으며 성실히 임하는 태도가 중요합니다.

또한 시간을 효과적으로 관리하며 핵심 가치에 집중하는 노력이 필요합니다. 빠른 결과만을 쫓기보다는 깊이 있는 사고와 세밀한 접근을 통해 완성도를 높이려는 습관을 기르는 것이 중요합니다.

일상에서 실천하는 방법으로는 만나는 사람들에게 한번 더 배려하고 맡은 일에 정성을 다하는 태도를 유지하는 것입니다. 작은 행동 하나라도 신중하게 하고 상대방을 존중하는 자세를 지니면 자연스럽게 신뢰와 존경을 얻을 수 있습니다. 이를 통해 단순한 성과를 넘어 지속적인 성장과 성공을 이루어나갈 수 있습니다.

코비 : 고객 서비스, 협업, 리더십 등 다양한 사회적 상황에서 상대를 손님처럼 대하는 태도의 중요성은 무엇이며 이를 실천하는 방법은 무엇일까요?

퇴계 : 타인을 손님처럼 존중하는 태도는 긍정적인 인간관계를 형성하는 데 중요한 역할을 합니다. 고객 서비스에서 고객을 존중하는 태도는 만족도를 높이고 장기적인 신뢰를 형성하는 결과로 이어집니다. 협업에서는 동료를 존중하고 배려하는 태도가 원활한 소통과 팀워크를 촉진하며 동료를 배려하는 리더는 조직 내 신뢰를 구축하고 긍정적인 조직문화를 만들어 갑니다.

이러한 태도를 실천하기 위해서는 먼저 경청과 공감을 실천하는 자세가 필요합니다. 상대방의 의견을 존중하고 진심으로 이해하려는 노력을 기울이면 자연스럽게 신뢰가 형성됩니다. 또한 작은 배려를 생활화하는 습관도 중요합니다. 말투, 몸짓, 태도 하나까지 세심하게 신경 쓰며 상대방을 존중하는 것이 필요합니다.

마지막으로 자신의 태도를 지속해서 성찰하고 발전시키려는 자세를 유지해야 합니다. 스스로 돌아보며 존중과 배려의 태도가 부족했던 순간을 반성하고 이를 보완하는 노력을 꾸준히 기울여야 합니다. 이러한 태도가 단순한 행동이 아닌 삶의 원칙으로 자리 잡을 때 우리는 더 신뢰받고 존경받는 사회적 관계를 형성할 수 있습니다.

3. 경을 유지하는 것이 도덕적 삶의 핵심이다

코비 : 경재잠에서는 "움직일 때나 멈출 때나 경敬을 벗어나지 않으면 내 안과 밖이 서로를 도와 완전해지리라"라고 하며 경건한 마음가짐이 개인의 내면과 외면을 조화롭게 만드는 요소라고 강조합니다. 현대사회에서 개인의 윤리적 판단과 행동이 중요한 이유는 무엇이며 지속해서 도덕적 수양을 실천하기 위해 우리는 어떤 노력을 해야 할까요?

퇴계 : 현대사회는 개인의 선택과 행동이 널리 영향을 미치는 시대입니다. 기업 윤리, 공정한 경쟁, 환경보호, 사회적 책임 등 다양한 분야에서 개인의 윤리적 판단이 요구되며 이를 지키는 것이 사회적 안정과 지속 가능성을 보장합니다.

도덕적 수양을 지속해서 실천하기 위해서는 끊임없는 자기 성찰과 실천의 노력이 필요합니다. 먼저 자신의 가치관과 행동을 점검하는 습관을 길러야 합니다. 매일의 행동을 돌아보고 도덕적으로 올바른 선택을 했는지 반성하는 과정이 중요합니다.

또한 책과 교육을 통해 윤리적 사고를 확장하는 것이 필요합니다. 철학, 역사, 문학 등을 학습하며 윤리적 기준을 세우고 이를 실천할 수 있도록 훈련해야 합니다.

마지막으로 도덕적 롤모델을 찾고 실천하는 환경을 조성하는 것도 중요한 방법입니다. 신뢰할 수 있는 멘토와 교류하거나 윤리적인 가치를 중시하는 공동체에 속하는 것은 올바른 방향으로 나아가는 데 도움을 줄 수 있습니다. 이를 통해 우리는 이론적인 윤리가 아니라 실천적이고 지속 가능한 건강한 삶을 살 수 있습니다.

코비 : '한순간이라도 경敬을 놓치면 사욕이 만단으로 일어난다'는 경재잠의 가르침이 우리에게 주는 경고는 무엇입니까?

퇴계 : 경재잠에서 강조하는 경의 가르침은 마음가짐을 흐트러뜨리지 않고 늘 바른 태도를 유지해야 한다는 의미를 담고 있습니다. 순간의 방심이 작은 욕심으로 이어지고 그것이 쌓이면 결국 도덕적 기준이 무너질 수 있습니다.

인간은 본능적으로 욕망과 감정에 쉽게 휘둘릴 수 있기에 늘 자신을 살피고 절제하는 자세가 필요합니다. 도덕적 기준을 유지하기 위해 우리는 일상에서 꾸준히 실천할 수 있는 몇 가지 습관을 길러야 합니다.

첫째, 신독愼獨의 태도가 중요합니다. 타인의 시선이 없을 때도 윤리적 가치를 지키고 자신의 행동을 스스로 점검하는 습관을 들여야 합니다.

둘째, 성찰과 반성을 생활화하는 것입니다. 하루를 마무리할 때 자신의 행동과 생각을 돌아보며 올바른 길을 걸었는지 점검하는 습관은 삶의 원칙을 더욱 단단하게 합니다.

셋째, 감정과 욕망을 절제하는 훈련을 해야 합니다. 지나친 욕심이 생길 때는 한 걸음 물러나 깊이 생각해보고 과욕이 자신과 타인에게 어떤 영향을 미칠지 숙고하는 태도가 필요합니다.

마지막으로 도덕적 롤모델을 정하고 배워나가는 것도 도움이 됩니다. 존경할 만한 인물의 삶과 가르침을 연구하며 그들이 실천했던 원칙을 자신의 삶 속에서 적용해보는 것이 바람직합니다.

이처럼 작은 습관 하나하나를 실천하면서 경敬을 유지하면 순간의 방심에도 흔들리지 않는 건강한 삶이 됩니다.

제10장 숙흥야매잠, 선비의 일과

닭이 울어 새벽을 알리고 잠에서 깨어나면 온갖 생각들이 머릿속을 스칩니다. 이 순간 마음을 차분히 정돈해야 합니다. 때로는 지난날을 반성하고 때로는 깨달은 것을 곱씹으며 모든 일의 순서를 떠올립니다.

마음을 바로 세운 뒤 동이 틀 무렵 일어납니다. 세수하고 머리를 빗고 옷 매무새를 단정히 하고 자세를 바르게 조용히 앉습니다. 마음을 다잡으면 떠오르는 아침 햇살처럼 환하고도 밝아집니다. 이 순간 엄숙함과 단정함, 그리고 고요함과 빛이 어우러집니다.

책을 펼쳐 성현의 말씀을 대합니다. 마치 공자가 눈앞에 있고 제자들이 주위에 둘러앉은 듯한 느낌이 듭니다. 성현들의 말씀을 경청하고 제자들처럼 질문하며 탐구합니다.

하루의 일이 닥치면 배운 것을 실천하며 그 뜻을 증명합니다. 천명天命의 뜻이 내 앞에 펼쳐져 있음을 느끼며 하루를 마치면 다시 고요한 상태로 돌아갑니다. 이때의 마음은 잔잔한 연못처럼 맑고 평온합니다. 이렇듯 나아가고 돌아오는 끝없는 순환 속에서, 마음은 모든 것을 조율합니다. 고요할 때는 본바탕을 지키고 움직일 때는 자신을 살핍니다. 마음이 흐트러지지 않도록 항상 주의해야 합니다.

독서를 마친 후 잠시 휴식하며 정신을 이완시키고 본성을 회복합니다. 하루가 저물 무렵, 피로로 마음이 흐려질 때 몸과 마음을 추스르고 정신의 빛을 일으켜야 합니다.

늦은 밤 잠자리에 들 때는 손발을 가지런히 하고 모든 생각을 멈추어 정신을 쉬게 합니다. 한밤의 신선한 기운이 내 몸과 마음을 새롭게 채울 것입니다. 다하고 나면 다시 새로워진다는 말처럼, 다음 날 아침은 또 다른 시작이 될 것입니다.

이 모든 것을 항상 명심하고 날마다 그리고 달마다 변함없이 꾸준히 나아갑니다.

진백의 [숙흥야매잠夙興夜寐箴] : 성학십도/ 한형조 독해 참조

1. 하루의 시작과 끝을 성찰과 수양으로 채워라

코비 : 숙흥야매잠凤興夜寐箴에서는 "아침에 일어나면 마음을 가다듬고 밤에 잠들기 전에는 하루를 돌아보며 반성하라"고 가르칩니다. 바쁜 현대사회에서 아침과 저녁 시간을 활용하여 자기 성찰과 수양을 실천하는 효과적인 방법은 무엇인가요?

퇴계 : 현대사회에서는 빠르게 변화하는 일상 속에서 자신을 돌아볼 시간을 갖기 어려울 수 있습니다. 그러나 아침과 저녁 시간을 활용하여 성찰과 수양을 실천한다면 내면의 평온을 유지하고 의미 있는 삶을 살아갈 수 있습니다.

아침 시간은 하루를 준비하는 중요한 순간입니다. 정신이 맑고 새로운 시작을 할 준비가 된 상태에서 마음을 가다듬고 하루의 태도를 정하는 습관이 필요합니다. 간단한 명상이나 깊은 호흡을 통해 차분한 마음을 유지하고 오늘 해야 할 일과 태도를 정리하는 것이 도움이 됩니다. 감사하는 마음으로 하루를 시작하는 것도 긍정적인 에너지를 높이는 방법입니다. 감사 일기를 쓰거나, 스스로를 격려하는 말을 떠올려보는 것도 효과적입니다.

저녁 시간은 하루를 마무리하며 자신을 돌아보는 시간입니다. 하루 동안의 행동을 성찰하고 잘한 점과 개선할 점을 점검하는 습관이 중요합니다. 실수한 부분이 있다면 솔직하게 인정하고 개선 방안을 생각하며 타인과의 관계에서 신중하지 못했던 점이 있었다면 반성하는 것이 필요합니다. 또한 하루 동안의 감사한 순간을 떠올리는 것은 긍정적인 태도를 유지하는 데 도움이 됩니다.

아침과 저녁 시간을 활용한 성찰과 수양은 단순한 자기 관리가 아니라 인간관계를 원만하게 하고 업무 수행에서도 긍정적인 영향을 미칩니다.

코비 : 하루를 돌아보며 반성하는 습관이 정신적 성장뿐만 아니라 인간관계와 업무 수행에도 긍정적인 영향을 주나요?

퇴계 : 하루를 돌아보며 반성하는 습관은 단순히 자신의 잘못을 찾는 것이 아니라 더 나은 사람이 되기 위한 과정입니다. 이는 개인의 정신적 성장을 돕는 것은 물론 인간관계와 업무 수행에서도 긍정적인 변화를 가져옵니다.

첫째, 자기 성찰은 정신적 성장을 이끕니다. 하루 동안의 말과 행동을 점검하고 도덕적 기준을 내면화하면 점차 성숙한 태도를 형성하게 됩니다. 실수를 인정하고 개선하는 과정을 통해 올바른 방향으로 나아갈 수 있습니다.

둘째, 인간관계를 원만하게 합니다. 타인과의 관계에서 자신의 말과 행동이 상대에게 어떤 영향을 미쳤는지 성찰하는 습관은 불필요한 감정적 반응을 줄이고 배려하는 태도를 기르는 데 도움이 됩니다. 이를 통해 더욱 신뢰받는 관계를 형성할 수 있습니다.

셋째, 업무 수행의 질을 높입니다. 실수나 부족한 점을 돌아보는 습관은 자기 발전에 필수적입니다. 강점과 약점을 객관적으로 평가하고 개선점을 찾으면 더 나은 성과를 낼 수 있습니다. 또한 같은 실수를 반복하지 않도록 대비할 수 있습니다.

마지막으로 내면의 평온을 유지하는 데 도움이 됩니다. 하루를 돌아보며 반성하는 시간은 불필요한 후회를 줄이고 더 나은 내일을 준비할 수 있는 긍정적인 에너지를 형성합니다.

2. 언행을 조심하고 정성을 다하라

코비 : 숙흥야매잠에서는 "말을 할 때 신중히 하고 행동할 때 한 치의 가벼움도 없어야 한다"고 강조합니다. 디지털시대에는 무분별한 말과 행동이 빠르게 확산될 위험이 있는 만큼 이를 적용하여 신중한 소통을 실천하는 방법은 무엇인가요?

퇴계 : 현대사회에서는 빠른 의사소통과 즉각적인 반응이 중요하게 여겨지지만 신중한 말과 행동은 여전히 필수적인 가치입니다.

이를 실천하기 위해서는 먼저 말하기 전에 숙고하는 습관을 기르는 것이 필요합니다. 감정적으로 즉각적인 반응을 보이기보다 자신의 말이 상대방에게 미칠 영향을 고려하는 태도를 견지해야 합니다. 또한 사실 확인과 균형 잡힌 판단도 중요합니다. 가짜 뉴스나 편향된 정보가 빠르게 확산되는 환경에서, 객관적인 자료를 확인하고 신뢰할 수 있는 정보를 공유하는 습관을 들이는 것이 필요합니다.

소통에서 중요한 또 하나의 요소는 경청하는 태도입니다. 상대방의 의견을 존중하고 조급한 반응보다 한번 더 숙고하는 태도가 더욱 원만한 소통으로 이어집니다. 때로는 침묵도 소통의 일부임을 기억하는 것이 필요합니다. 불필요한 논쟁이나 감정적인 대립을 피하고 적절한 순간에 말을 아끼는 것이 현명한 선택이 될 수 있습니다.

신중한 언행과 함께 정성을 다하는 태도는 인간관계와 업무 수행에서도 긍정적인 변화를 가져옵니다. 상대를 존중하고 자신의 역할에 최선을 다하는 태도는 신뢰와 협력, 성취로 이어집니다. 인간관계에서는 진심을 담아 표현하는 것이 신뢰의 기초가 됩니다. 단순한 인사 한마디라도 정성이 담기면 상대방은 그 마음을 느낄 수 있습니다.

업무에서도 최선을 다하는 태도는 높은 성과로 이어집니다. 맡은 일에 정성을 다하면 동료들에게 신뢰를 주고 조직 전체에 긍정적인 영향을 미칩니다. 단순히 일을 끝내는 것이 아니라 한 단계 더 고민하며 최선의 방안을 찾는 노력이 필요합니다.

3. 스스로를 다스리며 흐트러짐 없이 정진하라

코비 : 숙흥야매잠에서는 "한순간도 마음을 방심하지 말고 흐트러짐 없이 나아가라"고 가르칩니다. 현대인의 삶에서 끊임없는 유혹과 방해 요소 속에서도 스스로를 다스리고 정진하는 구체적인 실천 방법은 무엇인가요?

퇴계 : 먼저 명확한 목표를 설정하고 이를 지속적으로 상기하는 습관이 중요합니다. 이루고자 하는 목표를 구체적으로 정하고 단계적인 계획을 세우며 매일 이를 점검하는 것이 집중력을 유지하는 데 도움이 됩니다.

시간을 효율적으로 활용하는 것도 중요합니다. 규칙적인 생활습관을 형성하고 불필요한 시간을 줄이는 것이 목표 달성을 앞당기는 방법입니다. 하루 일정을 계획적으로 운영하고 중요한 일부터 처리하는 습관을 들이면 집중력을 높일 수 있습니다.

또한 정신적 단련을 위해 명상과 성찰의 시간을 갖는 것도 유익합니다. 조용한 시간을 통해 내면을 가다듬는 습관은 마음의 흔들림을 줄이고 꾸준한 정진을 가능하게 합니다. 특히 하루를 마무리하며 자신의 태도와 행동을 점검하는 것은 지속적인 자기 성장에 도움이 됩니다.

집중력을 높이기 위한 환경을 조성하는 것도 중요합니다. 디지털 기기 사용을 최소화하고 몰입할 수 있는 환경을 조성하는 것이 효과적입니다. 또한 산책이나 독서를 통해 정신을 맑게 하고 잡념을 줄이는 것도 좋은 방법입니다.

코비 : 숙흥야매잠이 현대인들이 관심인 '리추얼'이라는 개념과 연관이 있습니까?

퇴계 : 숙흥야매잠은 현대인이 실천하는 '리추얼' 개념과 깊이 연관됩니다. 두 개념 모두 삶에 구조와 의미를 부여하며 정신적·신체적 건강을 증진하는 역할을 합니다.

숙흥야매잠은 조선 시대 선비들이 규칙적인 생활과 자기 수양을 통해 도덕적 완성을 이루고자 했던 원칙을 담고 있습니다. 이는 현대인의 아침 명상, 운동, 저녁 루틴과 같은 리추얼 개념과 유사합니다.

현대의 리추얼은 일상에서 반복적으로 행해지는 의미 있는 습관을 통해 자기계발과 정신적 안정을 추구하는 것을 의미합니다. 숙흥야매잠 역시 규칙적인 생활습관을 강조하며 하루를 계획적으로 운영하고 지속적인 학습과 자기 단련을 실천하는 것을 중요하게 여깁니다.

과거의 지혜를 현대적인 방식으로 실천한다면 더욱 균형 잡힌 삶을 추구하는 데 큰 도움이 됩니다. 숙흥야매잠의 가르침을 바탕으로 자기 관리를 위한 루틴을 설계하고 실천한다면 더욱 의미 있고 충실한 삶을 살아갈 수 있습니다.

제2부

퇴계의 성학십도와
AI시대의 리더십

제1장 주도적이 되라 : 태극도와 자기 인식

1. 태극도의 이해 : 우주와 인간의 본질

태극도는 퇴계의 성학십도聖學十圖에서 첫 번째로 제시되는 도식으로 우주의 기원과 인간의 본질을 설명하는 철학적 개념입니다. 태극도는 인간이 어떤 존재인지를 탐구하고 인간이 자연과 어떻게 조화를 이루어야 하는지를 제시합니다. 인간은 우주의 일부로서 자연의 이치를 따르는 존재이며 자신의 위치를 우주적 질서 속에서 발견해야 합니다. 퇴계는 이러한 조화를 천인합일天人合一, 즉 인간과 우주의 조화라고 설명하며 이는 중요한 철학적 원칙이 됩니다. 퇴계는 인간이 유일한 존재로 태어나 본래 선한 본성을 지니고 있다고 보았습니다. 인간의 본성은 이理와 기氣의 조화 속에서 발현되며 이는 우주의 이치와 동일합니다. 인간은 태극에서 비롯된 우주의 질서를 내면에 구현함으로써 정신적 성숙을 이루는 존재입니다.

2. 자기 인식과 주도성

자기 인식과 주도성은 개인의 정신적 성장에 핵심적인 요소입니다. 스티븐 코비가 강조한 첫 번째 습관인 '주도적이 되라Be Proactive'는 자기 자신에 대한 깊은 이해를 바탕으로 주도적으로 행동하는 것을 의미하며 자신의 내면을 탐구하고 도덕적 원칙에 따라 자기 주도적으로 살아가는 것입니다.

자기 인식은 자신을 명확하게 이해하고 자신의 생각, 감정, 행동을 인식하는 능력입니다. 개인은 자신의 강점과 약점, 가치관, 감정을 파악하고 자신의 행동을 객관적으로 평가하여 개선할 부분을 찾아 성장할 수 있습니다. 자기 인식이 높은 사람은 도덕적 판단을 쉽게 내릴 수 있으며 자신의 감정을 잘 이해하고 다스림으로써 더 나은 대인관계를 형성할 수 있습니다. 이는 감정지능의 중요한 요소입니다.

퇴계의 철학에서도 심통성정心統性情의 원리를 통해 인간은 자신의 본성과 감정을 명확히 이해하고 스스로 조절해야 한다고 강조합니다. 이는 리더가 자신의 감정과 본성을 이해하고 도덕적 기준에 따라 행동하는 철학적 기반이 됩니다.

주도성이란 자기의 삶에 대한 책임을 지고 환경에 수동적으로 반응하지 않고 능동적으로 자신의 방향을 설정하는 것입니다. 주도적인 사람은 외부 상황이나 타인의 영향에 휘둘리지 않으며 자신의 가치관과 목표에 따라 행동합니다. 이들은 변화 속에서 변화를 주도하고 자신의 삶과 일에 대한 책임감으로 미래를 설계합니다. 주도성은 개인이 자신의 선택과 행동에 대한 책임을 지는 자세를 의미하며 리더로서 문제를 해결하고 팀을 이끄는 데 중요한 요소입니다.

주도적인 사람은 주변 사람들에게 긍정적인 영향을 미치며 문제 해결과 목표 달성 과정에서 주변 사람들을 이끌고 동기부여할 수 있는 리더십을 발휘합니다. 스티븐 코비의 주도성 개념은 퇴계의 지행합일知行合一의 철학과 연결됩니다. 지식과 행동이 일치하는 주체적인 삶을 살며 도덕적 인식을 바탕으로 실천을 통해 자신의 삶을 개선해나가는 것입니다. 주도적이라는 것은 자신의 신념과 원칙에 따라 삶을 이끄는 것입니다.

3. 주도적인 사람, 나는 내 인생의 리더

3-1 선택하기 : 자극과 반응, 선택의 자유

우리 삶에는 예상하지 못한 상황이나 도전이 찾아옵니다. 때로는 감정적으로 반응을 일으키는 사건이 발생하기도 합니다. 자극에 대해 우리는 반사적인 반응을 보이기 쉽지만 이는 종종 후회나 갈등을 불러올 수 있습니다. 그러나 자극과 반응 사이에는 우리가 자유롭게 선택할 수 있는 순간이 존재하며 이 순간을 어떻게 활용하느냐에 따라 우리의 행동과 결과가 달라집니다.

선택의 자유, 자극에 반응하는 선택의 능력은 주도적 삶의 핵심 개념 중 하나입니다. 스티븐 코비의 '7가지 습관'에서 강조된 이 개념은 인간이 단순한 반응을 넘어서 자신의 선택을 통제할 수 있는 자유의지를 가지고 있다는 점을 중요하게 다룹니다. 자극에 대한 우리의 반응이 반사적이고 무의식적일 수 있지만 그 사이에 존재하는 선택의 자유를 인식하고 의식적으로 반응하는 것이 주도적 삶의 시작입니다.

자기 인식과 주도성을 강화하려면 자극과 반응 사이에서 선택할 자유가 있음을 깨닫고 감정이나 환경에 의해 좌우되지 않으며 더 나은 선택을 하는 것이 중요합니다. 누군가 부정적인 피드백을 주었을 때 감정적으로 반응하여 방어적인 태도를 취하는 대신 그 피드백을 성장의 기회로 받아들여 자신의 부족한 부분을 보완하는 것이 올바른 리더의 선택입니다.

퇴계의 철학에서도 이러한 개념은 내면의 성찰과 도덕적 자율성의 중요성으로 설명될 수 있습니다. 퇴계는 인간이 자신의 본성을 깨닫고 이를 자발적으로 실천하며 성장해야 한다고 강조했습니다. 이는 인간의 도덕적 자유와 책임을 의미하며 선택의 자유는 이러한 도덕적 성숙을 이루기 위한 중요한 발판이 됩니다.

자극과 반응 사이의 선택의 자유는 리더가 단순히 상황에 휘둘리는 존재가 아니라 자신의 의지와 가치에 따라 주도적으로 선택하고 행동하는 주체임을 의미합니다. 이는 리더가 갖춰야 할 필수적인 자질이며 AI시대에서도 인간의 고유한 가치와 도덕적 책임을 지키는 데 중요한 역할을 합니다.

자극과 반응 사이에는 자아의식, 양심, 상상력, 독립의지와 같은 중요한 덕목들이 작동하여 자극으로부터 비롯된 감정이나 생각을 제어할 수 있습니다.

자아의식은 자신의 마음과 행동을 인식하는 능력입니다. 자아의식은 개인이 자신의 감정과 욕망을 인식하고 도덕적으로 올바른 선택을 내릴 수 있도록 돕습니다. 이는 성찰의 과정을 통해 성장하며 자기 내면을 돌아보고 도덕적 상태를 점검하고 개선할 수 있게 합니다. 성학십도는 자아의식을 통해 스스로 성찰하고 도덕적 경지에 오를 수 있다고 강조합니다. 자아의식은 이러한 성찰의 출발점이자, 인간의 행동을 도덕적 목표에 맞게 조정하는 중요한 과정입니다.

양심은 도덕적 판단의 기준으로, 천리天理와 도심道心을 의미합니다. 천리는 우주의 이치이며 인간이 따라야 할 보편적 도덕 원리입니다. 도심은 인간이 천리를 따르려는 내면의 도덕적 충동을 뜻합니다. 이는 공적 가치를 추구하며 자극과 반응 사이에서 양심에 따라 행동할 수 있도록 하는 내면의 지침입니다. 성학십도는 인간이 도심을 깨닫고 이를 행동으로 반영함으로써 도덕적 성숙을 이루어야 한다고 강조합니다. 양심은 도심에 뿌리를 두고 있으며 자극과 반응 사이에서 올바른 결정을 내리도록 돕습니다.

상상력은 미래를 계획하고 실행하는 힘으로, 성리性理와 지행합일과 관련됩니다. 상상력은 단순한 공상이 아니라 성리를 바탕으로 미래의 도덕적 결정을 내리기 위해 계획하고 전략을 세우는 중요한 능력입니다. 성리란 인간 본성에 내재한 이치를 이해하는 과정으로, 상상력은 이 이치를 바탕으로 도덕적 반응을 구체화합니다. 또한 지행합일은 지식과 행동이 일치하는 상태를 의미하며 상상력은 이 지식을 실천으로 옮기는 중요한 연결고리 역할을 합니다.

독립의지는 자율적 선택의 힘으로, 경敬과 중용中庸과 관련됩니다. 경은 자기 자신을 깨어 있게 하여 도덕적 의지를 유지하도록 돕는 훈련입니다. 경을 실천함으로써 사람은 자극에 반사적으로 반응하지 않고 스스로 도덕적 기준에 맞는 행동을 선택할 수 있습니다. 중용은 치우침 없는 균형을 유지하는 원리로, 자극과 반응 사이에서 적절한 선택을 가능하게 합니다. 독립의지는 경과 중용을 통해 길러지며 타인의 영향에 흔들리지 않고 자신의 도덕적 신념에 따라 행동하는 힘을 의미합니다.

자아의식, 양심, 상상력, 독립의지는 성학십도의 성찰, 천리와 도심, 성리와 지행합일, 그리고 경과 중용의 개념으로 설명됩니다. 이들은 자극과 반응 사이에서 인간이 도덕적 성숙을 이루고 본성을 바탕으로 주도적으로 선택하며 나아가도록 돕는 중요한 덕목들입니다.

3-2 책임지기 : 리더의 자기 책임감

1) 책임지기

책임을 진다는 것은 자신의 삶을 스스로 이끌며 결정과 선택에 대한 책임을 자발적으로 지는 것을 의미합니다. 삶의 리더는 자신의 방향과 목표를 설정하고 그 과정에서 발생하는 선택과 결과에 책임을 집니다. 자기 책임감은 자신의 행동과 결정에 대해 답할 수 있고 그로 인해 발생하는 결과를 수용하며 이를 바탕으로 더 나은 방향으로 나아가고자 하는 태도입니다. 이는 개인의 성장과 발전을 위해 필수적인 요소입니다. 책임감으로 자신의 선택을 수용하는 것은 실패나 어려움에 직면했을 때 그것을 피하지 않고 자신의 부족함을 인정하고 개선해 나가는 것을 의미합니다.

퇴계 철학에서도 자기 수양과 도덕적 책임감의 중요성을 강조합니다. 퇴계는 인간이 자기 자신을 깊이 성찰하고 도덕적으로 살아야 하며 스스로 본성을 깨닫고 도덕적 책임을 다해야 한다고 말합니다. 이는 자기 자신의 리더로서 내면의 갈등과 유혹에 대해 책임감을 가지며 도덕적 선택을 하려는 노력을 기울이는 것을 의미합니다.

스티븐 코비의 '7가지 습관'에서도 자기 책임감은 중요한 주제로 다루어집니다. 코비는 개인이 삶의 주체가 되어야 한다고 강조합니다. 외부의 상황이나 다른 사람을 탓하는 대신 자신의 선택과 반응을 통해 삶의 방향을 주도적으로 이끌어야 합니다. 자극과 반응 사이에서 선택의 자유를 가지고 어떤 상황에서도 최선의 행동을 선택하는 것이 바로 자기 책임감의 핵심입니다.

자기 책임감은 AI시대에도 매우 중요한 덕목입니다. 기술이 우리 삶에 많은 영향을 미치지만 삶의 방향을 결정하고 그에 대한 책임을 지는 것은 여전히 개인의 몫입니다. 기술의 편리함 속에서도 자기 성찰을 통해 무엇이 올바른 선택인지 고민하고 자신의 목표와 가치에 부합하는 선택을 하려는 노력이 필요합니다.

"책임지기, 리더의 자기 책임감"은 자기 자신을 이끄는 리더로서, 삶에 대한 주인의식을 가지고 선택과 결정에 대해 스스로 책임지는 것을 의미합니다. 이는 퇴계와 코비가 강조하는 중요한 자기 리더십의 덕목으로, 변화와 도전에 직면하는 현대인들이 자신의 삶을 주도적으로 살아가며 성장하기 위해 반드시 갖춰야 할 요소입니다.

2) 책임 회피를 위한 3가지 결정론
사람들이 자신의 행동에 대한 책임을 유전적, 환경적, 또는 사회적 결정론으로 돌리는 이유는 자신의 상황을 외부 요인으로 설명하여 책임의 부담을 덜려는 심리적 방어기제에서 비롯됩니다. 이와 같은 책임 회피는 여러 가지 이유로 발생합니다.

우선 사람들은 문제나 상황에 대한 책임을 회피함으로써 심리적 부담을 덜고자 합니다. 자신을 비난하거나 자책하는 대신 유전적, 환경적, 또는 사회적 요인으로 책임을 돌리면 죄책감이나 불안을 줄일 수 있습니다. 이는 잘못된 상황을 외부 요인으로 정당화하는 일종의 자기방어 메커니즘입니다. 책임을 자신의 내부에서 찾는다는 것은 변화를 받아들여야 한다는 것을 의미하기 때문에 사람들은 변화에 대한 두려움과 불확실성을 회피하려는 경향이 있습니다. 자신의 상황을 외부 요인으로 정당화하면 변화의 부담을 덜고 현재 상태에 안주할 수 있기 때문입니다.

　반복적인 실패나 통제 불가능한 상황을 경험하면 사람들은 무기력함을 느끼며 자신의 선택이나 노력으로는 상황을 바꿀 수 없다고 생각하기도 합니다. 이러한 학습된 무기력은 유전, 환경, 사회 구조가 모든 것을 결정한다는 믿음을 강화하고 자신의 통제력을 부정하며 외부 요인에 의존하게 만듭니다. 일부 문화에서는 개인의 책임보다 외부 요인을 강조하는 경향도 나타납니다. 가족이나 집단의 영향이 크다고 믿는 사회에서는 개인의 실패를 집단의 조건이나 사회적 배경으로 해석하는 일이 많아, 자신의 책임을 외부로 돌리는 태도를 강화시킵니다.

　사람들은 복잡한 문제를 단순화하려는 경향이 있습니다. 유전적, 환경적, 또는 사회적 결정론을 통해 자신의 행동이나 실패를 설명하면 문제의 원인을 단순화할 수 있으며 이는 복잡한 상황에서 쉽게 이해하고 넘어가려는 심리적 편리함을 제공합니다.

　결과적으로 사람들은 불안과 부담을 덜고 변화의 두려움을 피하려 자신의 책임을 외부 요인으로 돌리는 경우가 많습니다. 그러나 이러한 태도는 결국 자신을 성장시키지 못하고 문제를 해결할 기회를 놓치게 할 수 있습니다. 진정한 성장은 자신의 상황에 대한 책임을 받아들이고 이를 바탕으로 변화하려는 의지에서 시작됩니다.

　3) 책임의 신화
　미국의 정신분석학자 스캇 펙은 그의 저서 『아직도 가야 할 길』에서 그리스 신화 속 오레스테스 이야기를 활용하여 '책임의 신화'라는 제목으로 책임에 대한 심오한 교훈을 전달하고 있습니다. 오레스테스는 고대 그리스 신화 속에서 아버지 아가멤논과 어머니 클리타임네스트라 사이에서 태어난 인물입니다. 이 이야기의 배경은 가족 간의 복잡한 갈등과 복수의 연속으로, 그 핵심은 도덕적 딜레마와 개인적 책임에 대한 문제에 초점을 맞추고 있습니다.

이야기는 아가멤논이 트로이 전쟁에서 승리하고 돌아오면서 시작됩니다. 아가멤논은 트로이전쟁에 참여하기 위해 딸 이피게니아를 제물로 바친 후 전쟁에서 승리하고 돌아오지만 그의 아내 클리타임네스트라는 이를 원망하고 결국 연인 아이기스토스와 함께 아가멤논을 살해합니다. 이러한 상황에서 아들 오레스테스는 아버지의 복수를 위해 어머니를 살해해야 하는 상황에 놓이게 됩니다. 그는 한편으로는 어머니를 죽이는 것이 가족에 대한 극악한 행위이지만 다른 한편으로는 아버지의 복수를 위해 그것이 정당한 일이라고 여겨야만 했습니다. 이러한 딜레마 속에서 오레스테스는 결국 어머니 클리타임네스트라를 살해하기로 결정합니다.

스캇 펙은 오레스테스의 이야기를 통해 인간이 직면하는 도덕적 선택과 책임의 복잡성을 탐구합니다. 펙은 오레스테스가 단순히 운명에 이끌리는 수동적인 인물이 아니라 스스로의 선택과 그 결과에 대한 책임을 자각하는 인물로 강조합니다. 펙은 이 신화를 통해 아무리 압도적이고 복잡한 상황에 놓여 있더라도, 인간에게는 항상 선택의 여지가 있으며 그 선택에 따른 결과를 감당해야 한다는 메시지를 전달합니다. 즉 오레스테스의 선택은 단순히 필연적으로 정해진 운명에 따른 것이 아니라 자신의 내적 갈등과 도덕적 판단을 거쳐 자발적으로 결정한 것입니다. 이는 우리가 직면하는 많은 어려운 상황에서도 자신의 선택에 대한 책임을 져야 한다는 교훈을 준다는 점에서 중요합니다.

오레스테스는 어머니를 살해한 후에도 그 행동에 따른 심리적 고통과 책임을 회피하지 않았습니다. 그는 복수를 통해 정의를 실현하려고 했지만 동시에 그로 인해 엄청난 내적 갈등과 죄책감을 겪게 됩니다. 그를 괴롭히는 복수의 여신 에리니에스들은 그의 마음 속 죄책감을 상징하며 그는 이러한 고통을 통해 자기 자신과 자신의 행동에 대해 깊이 성찰하게 됩니다. 결국 오레스테스는 아테나 여신의 재판을 통해 용서를 받게 되지만 이 과정은 그가 겪어야만 했던 고통과 자기 성찰을 통해 이룩한 결과로 볼 수 있습니다.

펙은 이 신화를 통해 인간의 도덕적 성장은 어렵고 고통스러운 과정을 수반하며 이는 스스로의 선택에 대한 책임을 받아들이는 것에서 시작된다고 설명합니다. 오레스테스가 자신의 행동에 대한 책임을 지며 고통을 감수한 것처럼 우리도 인생에서 피할 수 없는 도덕적 딜레마와 책임을 마주해야 합니다. 펙은 사람들이 자신의 행동과 결정에 대한 책임을 회피하고 싶어하는 경향이 있다고 지적하며 이러한 회피는 결국 우리의 성장을 방해하고 삶에서 진정한 의미를 찾지 못하게 만든다고 말합니다.

또한 펙은 오레스테스의 이야기를 통해 '책임'이라는 개념이 단지 자신의 행동에 대한 결과를 감수하는 것뿐만 아니라 자신이 처한 상황 속에서 도덕적 결정을 내리고 그에 따르는 고통을 감내하는 것임을 강조합니다. 그는 진정한 성장은 이러한 고통을 통해 이루어지며 인간은 자신이 선택한 길에 대해 책임을 지고 그것을 통해 더욱 성숙해진다고 주장합니다.

이 신화는 현대사회에서도 중요한 교훈을 줍니다. 우리는 종종 어려운 선택을 해야 하고 그 선택에 대한 책임을 지는 것이 두려워 회피하거나 타인의 책임으로 돌리려고 합니다. 그러나 스캇 펙은 오레스테스의 예시를 통해, 비록 고통스럽고 어려운 선택일지라도 그것을 받아들이고 책임을 지는 것이 진정한 성숙과 자유로 가는 길임을 강조합니다. 이러한 책임의 수용과 자기 성찰을 통해 인간은 진정한 성장을 이루고 더 나은 삶을 살 수 있다는 것입니다.

결국 스캇 펙은 『아직도 가야 할 길』에서 오레스테스의 이야기를 통해 책임이란 단지 결과를 수용하는 것을 넘어 그 선택의 과정을 거쳐 자신이 선택한 도덕적 가치를 실현하는 데 있다고 설명합니다. 이는 현대를 살아가는 우리에게도 시사하는 바가 크며 도덕적 책임의 중요성과 어려운 선택을 피하지 않고 직면하는 자세의 필요성을 다시 한번 일깨워줍니다.

3-3 현재에 집중하기 : 성학십도의 가르침으로 본 현실 인식

현재에 집중하기는 현실에 충실하며 정신적 성장을 이루기 위한 핵심적인 삶의 태도입니다. 이는 성학십도의 가르침에 비추어볼 때 우주의 이치를 이해하고 경건함과 자기 성찰을 통해 자신의 내면과 외부 세계를 직시하며 현실에서 최선의 결정을 내리는 것을 의미합니다.

현실을 명확히 보는 것은 현재에 집중하기의 출발점입니다. 천리란 세상과 인간 본성을 있는 그대로 이해하고 행동하는 것을 뜻하며 지금 내가 직면한 현실과 상황을 왜곡하지 않고 받아들이는 데 기반합니다. 이를 통해 잘못된 생각이나 낡은 관점을 극복하고 현재에서 할 수 있는 일에 초점을 맞출 수 있습니다.

또한 현재에 충실하기 위해서는 경敬의 실천이 필요합니다. 경은 마음을 깨어 있게 하고 현실을 올바르게 인식하게 하며 자기 성찰을 통해 지금 내가 할 수 있는 구체적인 행동을 찾도록 돕습니다. 현실을 회피하거나 변명을 찾는 대신 현재 상황을 있는 그대로 바라보고 도덕적으로 올바른 선택을 하는 자세를 유지하는 것이 중요합니다.

변화에 열린 자세를 가지는 것도 현재에 집중하기의 핵심입니다. 지행합일의 개념은 이론과 실천의 조화를 강조하며 현재 상황에서 올바른 인식을 바탕으로 행동으로 옮기는 것을 뜻합니다. 변화하는 현실 속에서 새로운 정보를 받아들이고 이에 맞춰 자신의 행동과 결정을 수정하는 태도가 필요합니다. 지금 할 수 있는 작은 변화부터 실천함으로써 도덕적 성장을 이룰 수 있습니다.

마지막으로 도심道心을 바탕으로 진실과 정직함을 실천하는 것은 현재의 행동에 집중할 수 있게 하는 내적 힘입니다. 도심은 공적 가치와 도덕적 기준에 따라 행동하도록 이끄는 마음으로 현재의 문제에 솔직하게 직면하고 해결하려는 자세를 갖추게 합니다. 이를 통해 우리는 자신과 타인에게 긍정적인 영향을 미칠 수 있습니다.

현재 지금 내가 할 수 있는 일에 노력을 집중하기는 현실을 왜곡하지 않고 직시하며 자기 성찰과 경건한 마음으로 현재 상황에서 할 수 있는 최선의 행동을 실천하는 것을 의미합니다. 이는 도덕적 성숙과 내면적 평화를 이루는 길이며 현대사회에서도 개인과 공동체 모두에게 중요한 가르침을 제공합니다.

제2장 사명과 비전 : 서명과 자기 정체성

1. 서명의 의미와 소명의 발견

서명西銘은 퇴계의 성학십도에서 인간 존재의 본질적 사명과 역할을 설명하는 핵심 개념으로, 인간이 우주적 질서와 사회적 책임을 자각하며 살아가는 것을 강조합니다. 이는 인간이 단순히 개인적 이익을 추구하는 존재가 아니라 자연과 사회, 나아가 우주 전체의 조화와 균형을 이루는 데 기여하는 존재임을 나타냅니다.

서명은 인간이 자신의 내면을 수양하고 타인과 조화를 이루며 사회적 공동선을 추구함으로써 본연의 역할을 다하는 삶의 중요성을 설파합니다. 이를 통해 인간은 자신이 속한 사회와 자연, 그리고 우주의 큰 질서에 참여하며 그 안에서 자신의 가치를 발견하게 됩니다.

이러한 가르침은 개인의 삶을 넘어 인간 전체가 함께 이루어가는 조화로운 세상을 지향하며 우주적 관점에서 인간의 존재와 행위의 의미를 깊이 통찰하게 합니다.

1-1 서명의 의미

서명은 인간이 천지를 부모로 만물을 형제로 삼는 철학적 사고에서 출발합니다. 이는 인간이 자연과 우주와 깊이 연결된 존재로서 공동체의 일원으로서 역할과 책임을 다해야 함을 의미합니다.

서명은 크게 두 가지를 강조합니다. 첫째, 인간의 우주적 소명입니다. 인간은 우주 속에서 작은 존재이지만 자연과 사회에서 중요한 역할을 맡고 있습니다. 서명은 인간이 우주적 질서 속에서 자기 역할을 깨닫고 도덕적 삶을 실천해야 한다고 말합니다.

둘째, 인간의 사회적 책임입니다. 인간은 공동체의 일원으로서 타인과의 관계 속에서 살아가며 그 관계 속에서 배려와 책임을 다하는 것이 본분입니다. 이를 통해 사회적 조화를 이루는 것이 인간의 중요한 사명입니다.

1-2 소명의 발견

소명召命이란 자신의 삶에서 의미 있는 목표를 발견하고 그에 따라 역할과 책임을 다하는 것을 의미합니다. 이는 삶에서 진정으로 중요한 목표를 설정하고 실천하는 과정입니다.

소명은 외부에서 주어지는 것이 아니라 내면의 성찰을 통해 발견됩니다. 무엇이 중요한지, 어떤 가치를 추구해야 하는지를 깊이 고민함으로써 삶의 방향성을 명확히 설정할 수 있습니다. 이는 스티븐 코비의 '끝을 생각하며 시작하라Begin with the End in Mind'와도 연결됩니다. 자신의 비전과 사명을 먼저 정하고 그에 따라 삶을 이끌어가는 방식이며 퇴계의 철학에서 소명은 도덕적 소명을 내포하고 있습니다.

퇴계는 인간이 사회적 존재로서 가족, 친구, 사회적 관계 속에서 자신의 소명을 실천해야 한다고 보았습니다. 사회적 약자를 배려하고 공동체의 발전을 위해 헌신하는 것을 의미합니다.

2. 나의 정체성 찾기 - 사명, 비전, 핵심 가치

2-1 나는 누구인가 : 자기 인식과 내면의 탐구

"나는 누구인가?"라는 질문은 우리의 삶에서 깊이 탐구해야 할 중요한 철학적 주제입니다. 성학십도의 태극도와 서명은 이러한 질문에 대한 깊이 있는 통찰을 제공합니다. 태극도는 우주의 근본 원리를 상징하며 모든 만물이 음양의 조화 속에서 생성되고 발전하는 과정을 설명합니다. 인간은 이 우주적 질서의 일부로서 음양의 원리에 따라 자연과 조화를 이루며 살아가야 하며 이는 우주의 거대한 흐름 속에서 자신의 위치와 역할을 찾아야 함을 의미합니다.

서명西銘은 인간이 본래의 순수하고 선한 본성을 회복하고 도덕적 가치를 실현하는 과정을 강조합니다. 인간은 태어날 때 선한 본성을 지니지만 사회적 환경과 개인적 경험으로 인해 그 본성이 흐려질 수 있습니다. 따라서 서명은 지속적인 자기 성찰과 수양을 통해 이러한 본성을 되찾아야 한다고 말합니다. 자기 인식은 자신의 욕망과 감정을 정확히 파악하고 이를 조절하여 내면의 조화를 이루는 과정으로, 이를 통해 우리는 도덕적 원칙을 따르고 사회와 우주 속에서의 역할을 명확히 할 수 있습니다.

AI시대의 급속한 변화 속에서 자기 인식은 더욱 중요한 문제로 부각됩니다. 기술의 발전은 우리의 삶을 편리하게 하지만 동시에 인간의 정체성과 가치에 대한 고민을 요구합니다. 우리는 AI와 같은 기술의 편리함에 의존하면서도 인간 본연의 가치를 잃지 않기 위해 자신을 깊이 이해하고 내면의 목소리에 귀 기울여야 합니다. 성학십도의 가르침은 이러한 시대적 도전 속에서 인간의 본성과 가치를 재발견하고 이를 바탕으로 삶의 방향과 목표를 설정하는 데 중요한 지침을 제공합니다.

"나는 누구인가?"라는 질문에 대한 답은 개인적 정체성을 찾는 것을 넘어, 우주와 사회 속에서의 역할을 자각하고 도덕적 가치에 따라 행동하는 존재로 자신을 정의하는 데 있습니다. 이러한 자기 인식과 내면의 탐구는 AI시대에 인간다운 삶을 살아가는 중요한 토대가 됩니다.

1) 서명과 자아 인식

서명西銘에서 다루는 핵심 개념은 인간의 마음을 인심人心과 도심道心으로 나누는 것입니다. 인심은 인간의 본능적 감정과 욕망, 즉 개인적이고 이기적인 측면을 나타내며 도심은 도덕적 원칙과 우주의 이치를 따르는 고귀한 마음을 의미합니다. 서명은 이러한 두 마음이 인간 내면에서 끊임없이 갈등하고 있음을 강조하며 인간은 욕망과 이기심을 지닌 존재이지만 동시에 도덕적이고 고귀한 삶을 추구할 가능성도 가지고 있음을 말합니다.

따라서 인간은 끊임없이 자신을 성찰하고 인심을 극복하며 도심을 따르는 삶을 살아야 합니다. 이 과정에서 우리는 자신의 본성을 자각하고 도덕적 가능성을 발견하며 진정한 자아를 이해하게 됩니다. 도심을 따르는 삶은 인간이 우주적 질서와 조화를 이루며 살아가는 것이며 이는 곧 인간 존재의 궁극적인 목표입니다.

2) 인간의 유한성과 도덕적 자각

인간은 한정된 시간과 공간 속에서 살아가는 유한한 존재이지만 무한한 가치와 가능성을 추구할 수 있는 존재이기도 합니다. 태극도는 이러한 인간의 유한성을 자각하게 하며 우리가 우주와의 조화 속에서 자신의 역할을 발견해야 함을 가르칩니다.

유한성에 대한 인식은 도덕적 자각으로 이어집니다. 유한한 시간 안에서 자신의 도덕적 책임을 다하고 타인과 사회에 기여하려는 의식이 생깁니다. 이러한 자각은 자신을 초월하여 더 큰 우주적 질서에 기여하는 삶을 가능하게 하며 이를 통해 자신에 대한 깊은 이해와 삶의 명확한 방향을 설정할 수 있게 합니다.

2-2 개인적 사명과 비전

개인적 사명과 비전은 삶의 방향을 정의하고 목표를 설정하는 데 중요한 역할을 합니다. 퇴계의 성학십도는 개인적 사명과 비전을 설정하는 데 철학적 지침을 제공하며 이를 통해 삶의 목적과 가치를 명확히 할 수 있도록 돕습니다.

특히 AI시대의 빠른 변화와 기술적 진보 속에서 자신의 길을 분명히 설정하는 것은 인간다운 가치를 지키는 데 필수적입니다. 개인적 사명과 비전은 이러한 혼란 속에서도 삶의 중심을 잡아주며 우리가 추구해야 할 방향과 목표를 명확히 제시합니다.

1) 개인적 사명의 정의

개인적 사명은 삶을 통해 이루고자 하는 근본적인 목표와 목적을 의미합니다. 퇴계의 성학십도는 리더나 군주뿐만 아니라 모든 개인이 도덕적 목표를 설정하고 이를 실천하는 중요성을 강조합니다. 이는 자기 성찰과 수양을 통해 개인의 성장뿐 아니라 사회와 공동체에 기여하는 도덕적 리더십과 연결됩니다.

태극도에서 제시된 조화와 균형의 원리는 개인적 사명을 설정하는 데 중요한 지침이 됩니다. 인간은 자신의 본성과 조화를 이루며 살아갈 때 삶의 진정한 의미를 발견할 수 있습니다. 따라서 개인적 사명은 단순히 개인적 성공에 그치지 않고 공동체와 자연에 기여하는 방향으로 설정되어야 합니다.

2) 비전 설정

비전은 개인적 사명을 실현하기 위한 구체적인 모습과 미래의 목표를 의미합니다. 서명은 인간의 도덕적 완성과 성숙한 마음을 목표로 삼으며 도심道心을 따르는 삶을 강조합니다. 도심은 우주적 가치를 따르며 공익을 우선시하고 도덕적 원칙을 실천하는 마음을 뜻합니다. 따라서 비전을 설정할 때 도덕적 원칙과 공익의 가치를 중심에 두는 것이 중요합니다.

또한 비전은 AI와 같은 첨단 기술의 시대에서 인간 고유의 가치를 지켜내는 것을 포함해야 합니다. 기술이 삶을 편리하게 만들지만 인간다움과 도덕적 책임감을 유지하는 것이 필수적입니다. 성학십도는 자기 수양과 타인에 대한 배려를 통해 더 나은 사회를 만드는 가치를 강조하며 이러한 가치는 비전 설정의 핵심 요소로 삼아야 합니다.

비전은 개인적 성장을 넘어 공동체와 사회에 기여하는 방향으로 설정될 때 진정한 의미와 가치를 가질 수 있습니다.

3. 퇴계의 성학십도를 통한 AI시대의 새로운 가치관 정립

AI시대의 새로운 가치관 정립은 기술의 급속한 발전과 사회적 변화 속에서 우리가 어떤 가치를 가지고 살아가야 할지에 대한 방향을 제시합니다. AI시대는 인간의 역할과 가치를 재정의하는 과정에 놓여 있으며 이에 따라 도덕적 리더십과 인간다운 가치를 더욱 강조할 필요가 있습니다. 퇴계의 성학십도는 이러한 시대적 변화 속에서 우리가 지켜야 할 가치와 도덕적 기준을 설정하는 데 큰 영감을 줍니다.

3-1 성학십도의 핵심 메시지와 AI시대의 가치관

성학십도는 인간이 도덕적 성숙에 이르는 철학적 가르침을 담고 있으며 리더가 도덕적 기준을 지키고 사회에 공헌해야 한다는 메시지를 전합니다.

AI시대는 기술적 진보와 함께 윤리적 문제를 해결해야 하는 도전에 직면해 있습니다. 성학십도의 가르침은 이러한 상황에서 지켜야 할 도덕적 기준을 명확히 제시하며 인간 중심의 가치와 윤리적 판단을 강조합니다.

또한 태극도의 조화와 균형, 서명의 도덕적 성찰은 기술적 변화 속에서도 인간이 잃어서는 안 될 핵심 가치를 일깨워줍니다. 이는 AI시대에도 인간다움과 도덕적 책임을 중심으로 한 가치관의 중요성을 강조합니다.

3-2 개인적 수양과 도덕적 리더십의 중요성

성학십도는 리더십의 핵심이 개인의 도덕적 수양에 있음을 강조합니다. 퇴계 이황은 지도자가 되기 전에 자기 수양을 통해 도덕적 기준을 확립해야 한다고 설파했으며 이는 AI시대에도 유효합니다. 기술은 단지 도구일 뿐이며 이를 올바르게 사용하기 위한 윤리적 기준과 판단은 인간의 도덕적 리더십에서 나옵니다.

성학십도에서 제시된 자기 성찰과 경敬의 실천은 도덕적 기준을 유지하고 사회적 책임을 다하는 방법을 가르칩니다. 이는 기술이 제공하는 편리함과 효율성 속에서도 인간다움을 잃지 않는 데 중요한 역할을 합니다.

　AI시대의 새로운 가치관은 개인의 도덕적 수양과 기술의 도구적 사용을 조화롭게 결합하는 데 있습니다. 성학십도의 가르침은 리더가 자기 성찰을 통해 도덕적 기준을 세우고 타인을 배려하며 공공의 이익을 우선시할 것을 가르칩니다. 이러한 도덕적 리더십은 기술의 진보 속에서도 인간 중심의 가치를 유지하는 데 필수적입니다.

4. 자기 사명서 작성

　스티븐 코비의 '7가지 습관'에서 강조한 '자기 사명서Personal Mission Statement'의 작성은 개인의 삶의 방향과 목적을 명확히 하는 중요한 도구입니다. 자기 사명서는 우리가 누구인지, 무엇을 소중하게 여기는지, 그리고 어떤 사람이 되고자 하는지를 구체적으로 정의하는 데 도움을 줍니다. 이는 개인의 가치와 목표를 반영하고 일상적인 의사결정에서 중요한 가이드 역할을 합니다.

4-1 자기 사명서의 의미

　자기 사명서는 우리의 인생에서 추구해야 할 궁극적인 비전과 가치를 담고 있는 선언문입니다. 삶의 원칙과 우선순위를 명확하게 표현하며 각자의 인생에서 중요한 요소들, 가족, 커리어, 성장, 기여 등에서 어떤 방향으로 나아가고 싶은지를 깊이 숙고한 결과물입니다. 코비는 자기 사명서를 작성함으로써 자신이 어디로 가고자 하는지에 대한 명확한 지침을 세우는 것이 중요하다고 강조했습니다.

4-2 자기 사명서의 중요성

자기 사명서는 개인의 삶에 있어 중요한 역할을 합니다.

첫째, 명확한 방향성을 제공합니다. 자기 사명서는 우리의 목표와 비전을 명확하게 그려주어 무엇이 중요한지를 이해하게 합니다. 이는 중요한 결정을 내리거나 목표를 설정할 때 방향을 잃지 않도록 돕습니다.

둘째, 삶의 일관성을 유지하게 합니다. 사명서를 통해 자신의 가치와 목표를 분명히 하게 되면 일상의 행동과 결정들이 그 가치와 일관되게 이루어질 수 있습니다. 이는 외부의 변화나 압력에도 자신만의 길을 잃지 않도록 도와줍니다.

셋째, 동기부여와 자기 관리에 도움이 됩니다. 어려운 상황이나 도전을 마주했을 때 자기 사명서는 우리가 왜 이 길을 가고 있는지 상기하게 하여 동기부여의 원천이 됩니다. 이를 통해 내적 동기와 결단력을 키울 수 있게 됩니다.

이처럼 자기 사명서는 방향성을 제시하고 일관성을 유지하며 내적 동기를 높이는 데 중요한 역할을 합니다.

4-3 자기 사명서 작성하기

자기 사명서를 작성할 때 다음과 같은 질문들을 통해 자기 성찰을 권장합니다.

"나는 누구인가?"

"나는 어떤 가치를 중요하게 여기는가?"

"내가 남기고자 하는 유산은 무엇인가?"

이러한 질문들을 통해 자신이 어떤 사람이 되고자 하는지, 어떤 의미 있는 삶을 살고자 하는지를 구체적으로 정의할 수 있습니다.

스티븐 코비는 자기 사명서 작성이 개인의 목표를 명확히 하고 중요한 순간에 올바른 결정을 내리기 위한 나침반 역할을 한다고 보았습니다. 자기 사명서 작성은 삶에서 진정으로 중요하게 여기는 것을 이해하고 이를 바탕으로 자신의 가치를 실현하는 데 중요한 도구입니다. AI와 같은 변화무쌍한 환경 속에서도 자기 사명서는 핵심 가치를 지키고 일관된 삶을 살도록 돕는 강력한 지침이 될 수 있습니다.

5. 나를 찾는다는 것(우화)

오랜 시간 굶주리고 새끼를 밴 암호랑이가 먹이를 찾아 염소 떼에 덤벼들었습니다. 그러나 그 과정에서 힘이 다해 새끼를 낳고 어미는 목숨을 잃고 말았습니다. 뿔뿔이 흩어졌던 염소들이 돌아와보니 갓 태어난 새끼 호랑이와 죽은 어미 호랑이가 있었습니다. 어버이로서의 본능이 강했던 염소들은 갓 태어난 새끼 호랑이를 불쌍히 여겨 키우기로 했고 새끼 호랑이는 자신이 염소라고 생각하며 성장했습니다. 염소들과 함께 자라면서 새끼 호랑이는 음매 하고 울고 풀을 뜯어먹는 법을 배웠습니다. 그러나 풀은 호랑이에게 적절한 먹이가 아니었기에 새끼 호랑이는 건강하지 못했고 사춘기가 되었을 무렵 다른 호랑이들에 비해 왜소하고 힘이 없는 모습으로 자라났습니다.

어느 날 강한 수컷 호랑이가 나타나 염소 떼를 위협했고 염소들은 사방으로 도망쳤습니다. 어린 호랑이도 놀라 멍하니 서 있었지만 본능적으로 도망가지도 못한 채 그 자리에 남아 있었습니다. 큰 호랑이는 새끼 호랑이를 보고 깜짝 놀라며 물었습니다. "뭐야, 너 지금 염소들과 함께 사는 거야?" 그러나 새끼 호랑이는 염소처럼 음매 하고 울며 풀을 뜯기 시작했고 큰 호랑이는 이 모습에 크게 화가 났습니다. 마치 아버지가 자신의 본래 모습을 잃어버린 아들을 보며 울화통을 터트리듯이 큰 호랑이는 새끼 호랑이를 몇 번 철썩철썩 때렸습니다. 그러나 새끼 호랑이는 여전히 멍하니 음매 소리를 내며 풀을 뜯을 뿐이었습니다.

화가 난 큰 호랑이는 새끼 호랑이를 끌고 잔잔한 연못으로 갔습니다. 큰 호랑이는 새끼 호랑이에게 말했습니다. "이제 연못을 들여다봐." 새끼 호랑이는 연못에 얼굴을 들이댔고 그제야 난생처음으로 자신의 일굴을 바라보게 되었습니다. 큰 호랑이는 자신의 얼굴을 그 옆에 대며 말했습니다. "이것 봐, 네 얼굴도 내 얼굴과 비슷하지 않니? 넌 염소가 아니야. 너도 나처럼 호랑이라고. 그러니 이제 너 자신을 제대로 알아야 해." 큰 호랑이는 이렇게 말하며 새끼 호랑이에게 자신의 본모습을 깨닫도록 했습니다. 이것이 바로 스승이 하는 일과 같았습니다. 스승은 "내가 보여주는 모범을 따르면 너도 네가 누구인지 알게 될 것이다"라고 가르치는 것입니다.

그렇게 새끼 호랑이는 자신의 본모습을 이해하기 시작했습니다. 큰 호랑이는 새끼 호랑이를 자신의 굴로 데려갔습니다. 그 안에는 최근에 잡은 영양 고기가 남아 있었습니다. 큰 호랑이는 그 고기를 한 입 베어물며 말했습니다. "입을 벌려봐." 그러나 새끼 호랑이는 주저하며 물러나며 말했습니다. "저는 채식주의자인데요." 큰 호랑이는 "헛소리하지 말고!"라고 말하며 고기 조각을 집어 새끼 호랑이의 목구멍에 억지로 밀어 넣었습니다. 새끼 호랑이는 숨이 막혀 캑캑거렸지만 이는 마치 진정한 가르침을 받아들이는 모든 사람이 겪는 과정과 같았습니다. 비록 처음에는 고통스럽고 어색했지만 새끼 호랑이는 적절한 먹이를 체내에 받아들이며 그에 따라 자신의 본성을 되찾기 시작했습니다. 마침내 새끼 호랑이는 진짜 호랑이다운 포효를 터트렸습니다. 말하자면 호랑이 기본 포효 제1번과도 같은 소리였습니다. 큰 호랑이는 그 모습을 보고 말했습니다. "바로 그거야. 이제야 너답게 된 거야. 이제 우리 함께 호랑이다운 먹이를 찾아 살아가자."

조셉 캠블 [신화와 인생]

이 이야기는 우리가 본래의 자신을 잊고 염소처럼 살아가는 호랑이와 같다는 교훈을 담고 있습니다. 많은 사람들은 태어나서 자라면서 사회적 틀에 맞추어 살아가며 본래 자신의 정체성을 잊고 삽니다. 사회와 교육, 종교는 우리가 염소처럼 살아가도록 가르치지만 사실 우리는 호랑이와 같은 존재입니다. 우리는 자신의 내면에 진정한 모습을 찾을 수 있는 가능성을 가지고 있습니다.

신화적 상징의 적절한 해석과 명상 훈련은 우리에게 우리 자신의 호랑이 얼굴을 보여주는 역할을 합니다. 이러한 과정은 단순히 외부로부터 지식을 주입받는 것이 아니라 우리 내면의 본질적 가치를 깨닫게 합니다. 자신이 누구인지, 어떤 역할을 해야 하는지, 그리고 어떤 가치를 추구해야 하는지를 깨닫게 함으로써 우리는 자신을 되찾을 수 있습니다.

하지만 문제는 우리가 자신의 호랑이 얼굴을 찾아냈다 해도 여전히 염소 떼와 함께 살아간다는 점입니다. 우리 주변에는 여전히 사회적 관습과 기대가 존재하며 우리는 그 안에서 살아가야 합니다. 그렇다면 이 상황에서 우리는 어떻게 해야 할까요? 우리가 자신의 진정한 모습을 발견하고 그에 맞게 살아가려면 어떻게 해야 할까요? 이 질문은 우리 각자가 스스로 고민하고 답을 찾아야 할 중요한 과제입니다.

제3장 나에게 소중한 것 : 숙흥야매잠과 하루

1. 시간 관리와 자기 관리의 중요성

1-1 왜 시간 관리가 중요한가?

우리는 하루 24시간이라는 한정된 시간을 가지고 살아갑니다. 이 시간을 어떻게 활용하느냐에 따라 삶의 질이 완전히 달라질 수 있습니다. 바쁘게 살아가지만 정작 중요한 일을 놓치는 경우가 많고 끊임없이 밀려오는 할 일들 속에서 시간을 제대로 관리하지 못하면 삶은 피로하고 방향성을 잃게 됩니다. 그렇다면 시간 관리는 왜 중요할까요?

시간 관리는 더 많은 일을 해내는 것이 아니라 중요한 일을 놓치지 않는 것입니다. 하루 종일 바쁘게 움직였음에도 중요한 목표를 하나도 달성하지 못했다면 그것은 잘못된 시간 관리 방식 때문입니다. 많은 사람이 긴급한 일을 처리하는 데 집중하다보니 정작 본인의 장기적인 목표와 성장에 필요한 중요한 일을 놓치곤 합니다.

회사에서 이메일을 확인하고 회의에 참석하고 급한 요청에 대응하는 데 시간을 쏟다보면 하루가 순식간에 지나가버립니다. 하지만 이런 활동들이 우리가 진정 원하는 삶을 이루는 데 도움이 되는 것일까요? 시간이 많다고 해서 생산성이 높아지는 것은 아닙니다. 중요한 것은 긴급한 일과 중요한 일을 구별하는 것입니다.

긴급한 일이란 즉각적으로 해결해야 하는 과제나 요청이며 마감일이 가까운 프로젝트, 급한 전화나 이메일 응답, 갑작스러운 문제 해결 등이 해당됩니다. 반면 중요한 일은 장기적인 목표와 연관된 활동으로 자기계발, 건강 관리, 인간관계 발전 등이 포함됩니다. 시간 관리를 잘하는 사람은 긴급한 일에 휘둘리지 않고 중요한 일에 집중할 수 있도록 시간을 배분하는 사람입니다.

바쁜 것과 생산적인 것은 다릅니다. 하루 종일 일했지만 성과가 없거나 목표를 향해 나아가지 못했다면 그것은 단순히 바빴을 뿐입니다. 반면 짧은 시간이라도 집중해서 중요한 일을 처리했다면 그것이야말로 생산적인 시간이 됩니다. 시간을 효율적으로 관리하면 우리는 불필요한 일에 에너지를 낭비하지 않고 삶의 우선순위를 명확히 하여 균형 잡힌 삶을 살 수 있습니다.

시간을 잘 관리하는 사람들은 일을 효율적으로 마무리하면서도, 가족과 친구와 시간을 보내고 자기계발을 위한 활동을 하며 건강한 생활습관을 유지할 수 있습니다. 결국 시간 관리가 곧 삶의 질을 결정하는 핵심 요소가 됩니다.

1-2. 시간 관리와 자기 관리의 차이

시간 관리는 곧 자기 관리Self-Management와 연결됩니다. 시간을 어떻게 사용하느냐는 곧 나 자신을 어떻게 관리하느냐와 직결됩니다. 바쁜 현대사회에서 많은 사람들은 시간 관리를 잘하는 것이 곧 성공의 열쇠라고 생각합니다. 하지만 단순히 시간을 효율적으로 사용한다고 해서 모든 것이 해결되는 것은 아닙니다. 시간이 효율적으로 관리되더라도 스스로를 다스리지 못하면 결국 장기적인 성취나 만족을 얻기 어렵습니다.

시간 관리와 자기 관리는 밀접한 관련이 있지만 본질적으로 다릅니다. 시간 관리는 하루, 일주일, 한 달 동안 해야 할 일을 정리하고 목표를 달성하기 위해 일정을 조정하는 기술적인 부분입니다. 반면 자기 관리는 자신의 감정과 행동을 조절하고 지속적으로 성장할 수 있도록 스스로를 통제하는 과정입니다. 즉 시간 관리는 "무엇을, 언제, 어떻게 할 것인가?"에 대한 계획이라면 자기 관리는 "왜 이 일을 해야 하고 어떻게 꾸준히 실천할 것인가?"에 대한 태도입니다.

우리는 일정과 목표만 정리하는 것이 아니라 그 목표를 지속적으로 실행할 수 있도록 내면을 다스리는 자기 관리 능력을 함께 키워야 합니다. 시간 관리가 하루를 설계하는 것이라면 자기 관리는 삶을 설계하는 것입니다.

1-3. 소중한 것을 먼저 하라

우리의 하루는 수많은 선택의 연속입니다. 아침에 눈을 뜨면서부터 우리는 어떤 일을 먼저 할지 결정해야 하고 업무와 일상 속에서도 끊임없이 우선순위를 조정하며 살아갑니다. 하지만 많은 사람들이 긴급한 일에 쫓기다 보니 정작 중요한 일을 놓치는 경우가 많습니다.

스티븐 코비는 그의 저서 성공하는 사람들의 7가지 습관에서 '소중한 것을 먼저 하라First Things First'는 원칙을 강조하며 긴급한 일에 휘둘리지 말고 진정으로 중요한 일에 집중해야 한다고 말합니다. 단순히 바쁘게 일하는 것이 아니라 자신에게 정말 중요한 가치를 먼저 고려하고 그것을 최우선으로 실천하는 것이 성공적인 삶의 핵심이라는 것입니다.

우리는 종종 해야 할 일이 많을 때 가장 쉬운 일부터 해결하려는 경향이 있습니다. 하지만 이런 방식은 중요한 목표를 미루게 만들고 장기적으로 원하는 결과를 얻지 못하는 원인이 됩니다. 따라서 진짜 중요한 것이 무엇인지 고민하고 실행하는 것이 필요합니다.

2. 숙흥야매잠과 현대적 적용

2-1 숙흥야매잠의 의미

시간을 효율적으로 관리하는 것은 단순히 일정 조정만이 아니라 자신을 돌아보고 올바른 방향으로 나아가도록 하는 자기 성찰 과정이 포함되어야 합니다. 이러한 자기 성찰과 수양의 가치를 강조한 대표적인 철학적 실천법이 바로 퇴계의 숙흥야매잠夙興夜寐箴입니다.

숙흥야매잠은 한자로 夙興(새벽에 일어남) 夜寐(늦게 잠듦) 箴(경계하는 글)을 의미하며 자신의 하루를 점검하고 올바른 삶을 살아가기 위한 자기 성찰 습관입니다.

숙흥야매잠에서 말하는 자기 성찰 습관은 크게 두 가지로 나뉩니다. 아침에는 하루의 목표를 설정하고 마음가짐을 다지는 것, 저녁에는 하루 동안의 행동을 돌아보고 반성하는 것입니다. 이러한 습관은 단순히 시간을 효율적으로 사용하는 것을 넘어, 더 나은 인간이 되기 위한 자기 수양의 과정이라고 할 수 있습니다.

2-2 숙흥야매잠의 3가지 핵심 원칙

숙흥야매잠은 하루를 효과적으로 운영하고 자기 성찰을 실천하기 위한 생활습관입니다. 이 가르침은 단순한 시간 관리 방법이 아니라 자신을 돌아보고 바람직한 삶의 방향을 설정하는 철학적 실천법입니다. 이를 현대적으로 적용하면 하루를 더 의미 있게 보내기 위해 아침의 계획, 하루 동안의 실천, 저녁의 성찰이라는 세 가지 핵심 원칙을 실천해야 합니다.

아침은 하루의 방향을 결정하는 중요한 시간입니다. 아침에 일찍 일어나 하루를 준비하고 정신을 맑게 유지하는 것이 삶의 질을 높이는 핵심 요소입니다. 아침을 효과적으로 활용하기 위해서는 오늘 가장 중요한 목표 3가지 설정하고 신체 건강을 위한 가벼운 운동과 스트레칭, 정신을 맑게 하는 독서나 글쓰기를 실천하면 하루를 더 체계적으로 운영할 수 있으며 중요한 일에 집중할 수 있는 기반이 마련됩니다.

하루 동안 시간을 어떻게 보내느냐는 개인의 선택과 원칙에 따라 결정됩니다. 퇴계는 바쁜 일상을 보내면서도 중요한 가치를 잃지 않고 도덕적 원칙을 지키며 살아야 한다고 강조했습니다. 중요한 목표를 우선순위에 두고 불필요한 방해 요소(소셜미디어, 무의미한 회의 등) 줄이며 자신이 정한 목표와 원칙에 따라 중요한 일에 집중하는 것이 핵심입니다.

하루를 마무리하는 저녁 시간에 성찰하고 반성하는 시간이 반드시 필요하다고 보았습니다. 이를 위해 다음과 같은 질문을 던지며 하루를 점검할 수 있습니다. 오늘 설정한 목표를 달성했는가? 나의 태도와 행동은 올바르고 바람직했는가? 실수가 있었다면 어떻게 개선할 것인가? 오늘 감사했던 순간은 무엇인가? 내일을 위해 미리 준비해야 할 것은 무엇인가?

이러한 자기 점검 과정을 통해 하루를 마무리하면 실수를 반복하지 않고 더 나은 내일을 준비할 수 있습니다. 숙흥야매잠은 단순한 시간 관리가 아니라 자기 성찰을 통해 꾸준히 성장하는 삶을 위한 실천법입니다.

2-3 숙흥야매잠을 현대적 시간 관리에 적용하기

현대사회는 스마트폰, SNS, 이메일, 유튜브 등 수많은 디지털 기술로 인해 끊임없는 정보와 자극에 노출된 환경입니다. 이러한 시대에서는 시간 관리를 효율적으로 하는 것뿐만 아니라 자신을 돌아보고 성찰하는 습관을 가지는 것이 더욱 중요합니다.

디지털 도구는 생산성을 높이는 강력한 도구가 될 수도 있지만 반대로 집중력을 방해하는 요소가 될 수도 있습니다. 아침에 스마트폰 사용을 줄이고 하루의 방향을 먼저 설정하는 습관을 들이면 정보의 홍수에 휘둘리지 않고 집중할 수 있습니다. SNS, 이메일 확인 시간을 정해두고 불필요한 디지털 사용을 줄이는 '디지털 미니멀리즘'을 실천하면 더 효과적인 시간 관리를 할 수 있습니다.

디지털 기술을 무조건 배제하는 것이 아니라 자기 성찰을 돕는 도구로 활용하는 것이 중요합니다. 디지털 일기나 저널링 앱Notion, Evernote, Day One을 활용하면 하루 동안의 성찰과 배운 점을 기록할 수 있습니다. 마음챙김과 명상을 위한 앱Calm, Headspace을 사용하면 디지털 환경 속에서도 내면을 정리하는 시간이 확보됩니다. AI 기반 일정 관리 및 생산성 도구를 활용하여 불필요한 시간 낭비를 줄이고 중요한 목표에 집중하는 환경을 만들 수 있습니다.

디지털 환경에서 자기 성찰을 실천하기 위해서는 디지털 도구에 휘둘리지 않고 이를 주도적으로 활용하는 태도가 필요합니다. 아침과 저녁 루틴을 활용하여 하루를 디자인하고 불필요한 디지털 사용을 줄이며 자기 성찰을 돕는 디지털 도구를 적극적으로 활용하면 우리는 디지털시대 속에서도 내면을 성장시키고 의미 있는 삶을 살아갈 수 있습니다.

3. 시간 관리 매트릭스 - 제2사분면에 집중하라

3-1 시간 관리 매트릭스란

시간은 누구에게나 공평하게 주어지지만 이를 어떻게 활용하는가에 따라 인생의 방향이 달라집니다. 효과적인 시간 관리를 위해서는 우선순위를 정하고 중요한 일에 집중하는 습관이 필요합니다. 이를 위해 스티븐 코비는 '시간 관리 매트릭스Time Management Matrix'를 제안하며 긴급성과 중요성을 기준으로 모든 활동을 4가지 사분면으로 나누는 방법을 설명했습니다.

제1사분면은 긴급하고 중요한 일의 영역으로 즉각적인 조치가 필요한 중요한 업무가 포함됩니다. 마감 기한이 임박한 프로젝트, 건강상의 응급 상황, 중요한 시험 준비, 위기 대응 (예 : 회사의 긴급한 문제 해결) 등이 있습니다. 이 일들은 필수적으로 해결해야 하지만 너무 많은 시간을 투자하면 스트레스와 피로가 누적될 수 있습니다.

제2사분면은 중요하지만 긴급하지 않은 일의 영역으로 주로 미래를 위한 투자입니다. 삶의 질을 향상시키고 장기적인 성공을 이루는 데 필수적인 활동이 포함됩니다. 장기 목표를 위한 계획 수립, 자기계발 (독서, 학습, 새로운 기술 습득), 운동과 건강 관리, 가족 및 인간관계 유지, 창의적 사고 및 새로운 기회 탐색 등이 있으며 이 일에 집중하는 것이 효과적인 시간 관리의 핵심입니다. 제2사분면의 활동을 미리 계획하고 실천하면 제1사분면의 긴급한 일을 줄일 수 있습니다. 규칙적인 건강 관리를 하면 병원에 급하게 갈 필요가 줄어들고 지속적인 학습을 하면 마감 직전 공부하는 부담이 줄어듭니다. 긴급한 일이 아니기 때문에 많은 사람이 이 사분면을 소홀히 합니다. 하지만 장기적인 성장을 위해서는 제2사분면의 활동을 우선순위로 두는 것이 필수적입니다.

제3사분면은 긴급하지만 중요하지 않은 일의 영역으로 불필요한 방해 요소들입니다. 긴급하지만 본인의 목표와는 크게 관련이 없는 활동이 포함됩니다. 불필요한 회의, 갑작스러운 전화나 메시지 응답, 타인의 요청에 의한 즉흥적인 업무, 중요하지 않은 이메일 확인 등이 있습니다. 제3사분면의 문제점은 긴급해보이지만 사실 본인의 삶에 큰 영향을 주지 않는 경우가 많습니다. 주로 다른 사람의 요청이나 요구로 인해 발생하는 일들입니다. 이 일에 너무 많은 시간을 쓰면 정작 중요한 일(제2사분면)에 투자할 시간이 줄어듭니다. 이 일들을 줄이는 방법은 "이 일이 정말 중요한가?"를 질문하기, 불필요한 회의나 요청을 거절하는 연습하기, 이메일과 메시지 확인 시간을 제한하여 불필요한 응답을 줄이기입니다. 긴급한 것처럼 보이는 일들이 항상 중요한 것은 아닙니다. 제3사분면의 활동을 줄이면 제2사분면에 더 집중할 수 있습니다.

제4사분면은 긴급하지도 중요하지도 않은 일의 영역으로 시간 낭비 요소들입니다. 시간을 소비하지만 의미 있는 성과를 내지 못하는 활동들이 포함됩니다. SNS, 유튜브·TV 시청, 무의미한 인터넷 검색, 과도한 게임, 목적 없는 대화와 잡담 등이 있습니다. 제4사분면의 문제점은 휴식은 필요하지만 과도한 시간 낭비는 피해야 합니다. SNS나 게임 등을 완전히 없앨 필요는 없지만 사용 시간을 제한하는 것이 중요합니다. 이 일을 줄이는 방법은 하루 중 SNS나 TV 시청 시간을 정해두기, 집중력을 높이기 위해 '디지털 디톡스Digital Detox' 실천하기, 시간 낭비 요소를 줄이고 더 생산적인 활동(제2사분면)으로 전환하기입니다. 제4사분면을 줄이면 더욱 의미 있는 삶을 살 수 있습니다.

3-2 제2사분면에 시간을 투자하는 법

시간을 효과적으로 관리하기 위해서는 긴급한 일에 휘둘리지 않고 중요한 일에 집중하는 습관을 기르는 것이 필수적입니다. 스티븐 코비는 이를 위해 제2사분면(중요하지만 긴급하지 않은 일)에 시간을 투자할 것을 강조하며 장기적인 목표 설정과 꾸준한 실천이 필요하다고 말합니다. 이를 위해 다음과 같은 전략을 활용할 수 있습니다.

내가 진정으로 이루고 싶은 것은 무엇인가라는 질문을 통해 장기 목표를 명확히 정합니다. 목표를 월별, 주간, 일일 단위로 구체화하여 실천 가능한 계획을 수립하고 목표가 잘 진행되고 있는지 평가하며 필요하면 조정하는 과정을 거칩니다. 이렇게 하면 목표를 체계적으로 관리할 수 있으며 장기적인 성취를 위해 지속적으로 노력할 수 있습니다.

성공한 사람들의 공통점은 매일 가장 중요한 일에 집중하는 습관을 가졌다는 것입니다. 오늘 꼭 해야 할 가장 중요한 3가지는 무엇인가를 고민하며 하루를 계획합니다. 중요한 목표를 미리 정하면 긴급한 일에 휘둘리지 않고 집중할 수 있습니다. 하루 동안 설정한 목표를 달성하기 위해 집중하고 성취 여부를 점검합니다. 목표를 하나씩 해결하면서 자신의 성장을 확인하는 과정이 중요합니다. 하루가 끝나면 목표 달성 여부를 평가하고 다음 날의 중요한 3가지를 미리 정하는 습관을 가집니다. 이렇게 하면 매일 꾸준히 중요한 일에 집중하는 루틴이 형성됩니다.

3-3 우선순위를 정하는 3가지 질문

효과적인 시간 관리를 위해서는 모든 일을 다 하려는 것이 아니라 가장 중요한 일을 먼저 선택하는 것이 필요합니다. 이를 위해 스티븐 코비는 우선순위를 정하는 3가지 질문을 활용할 것을 강조합니다. 이 질문을 통해 진정으로 중요한 일을 선별하고 불필요한 시간 낭비를 줄일 수 있습니다.

이 일이 내 인생에 어떤 영향을 미치는가?

어떤 일이 정말 중요한지 판단하려면 그 일이 나의 목표와 가치에 어떤 영향을 주는지 고려해야 합니다. 장기적으로 내 삶을 더 나은 방향으로 이끌어주는 일이라면 우선순위가 높은 일로 선택해야 합니다. (예 : 건강을 위한 운동, 자기계발, 중요한 인간관계 유지)

지금이 아니면 할 수 없는 일인가?

모든 일을 다 할 수 없기 때문에 현재 꼭 해야 할 일인지, 아니면 나중으로 미뤄도 되는 일인지 판단하는 것이 중요합니다. 긴급해

보이지만 사실 중요하지 않은 일에 시간을 낭비하지 않도록 해야 합니다. (예 : 가족과의 시간, 중요한 기회의 포착)

이 일을 하지 않았을 때 어떤 결과가 발생하는가?

어떤 일을 하지 않았을 때 내 삶에 실질적인 변화가 생기는지 고민해야 합니다. 큰 영향이 없다면 굳이 시간을 투자할 필요가 없습니다. (예 : SNS, TV 시청 같은 비생산적인 활동 줄이기)

나의 목표와 성장에 도움이 되는 일인가? 지금이 아니면 기회를 잃는 중요한 일인가? 하지 않았을 때 부정적인 영향이 있는가? 이 질문을 스스로에 던지면서 정말 중요한 일에 집중하는 습관을 기르면 더 의미 있는 삶을 살아갈 수 있습니다.

제4장 승승을 생각하라 : 대학과 상생의 철학

1. 왜 승-승인가?

승-승Win-Win이라는 개념은 스티븐 코비가 『성공하는 사람들의 7가지 습관』에서 네 번째 습관으로 제시한 것입니다. 그는 어떠한 갈등이나 협상 상황에서 "누구는 이기고 누구는 질 수밖에 없다"는 전제, 혹은 "누군가가 이익을 얻으려면 다른 누군가는 손해를 감수해야 한다"는 식의 사고방식이 궁극적으로는 모두에게 득이 되지 않는다고 보았습니다. 코비는 갈등이나 문제 해결 과정에서 서로가 원하는 것을 명확히 파악하고 함께 이익을 창출할 수 있는 해법을 찾아내는 태도를 제안합니다. 이는 타인에게 양보만 하는 식으로 문제를 넘기거나, 아니면 자기 이익만 극단적으로 지키는 태도와는 다릅니다. '승-승'을 추구한다는 것은 상대방의 목표나 가치를 존중하면서 동시에 자기 입장도 충분히 고려하여 모두가 만족할 만한 결과를 도출하는 과정입니다.

승승 사고방식은 인간관계와 조직 운영, 협상, 갈등 관리 등 다양한 영역에서 적용이 가능합니다. 누군 이익을 보고 누군 손해를 본다는 '승-패Win-Lose', 혹은 어쩔 수 없이 한쪽이 양보하는 '패-승 Lose-Win'이 아니라 함께 성공하는 결과를 만들겠다는 발상의 전환이자, 지속 가능하며 신뢰를 기반으로 발전을 이룰 수 있는 핵심 전략인 셈입니다.

한편 유교 경전 중 하나인 『대학大學』은 개인 수양과 사회적 번영을 동시에 추구하는 원리를 담고 있습니다. 본 장에서는 이미 제1부에서 다룬 성학십도(유교, 퇴계 사상 등)의 철학적 바탕을 토대로 『대학』에서 강조하는 '공동체 상생'과 '개인과 사회의 동반 성장' 개념을 승승 사고라는 틀로 다시 살펴봅니다. 『대학』의 핵심 구도는 크게 명명덕明明德, 친민親民, 지어지선止於至善이라는 세 단계로 요약됩니다. 이는 자기 내면의 밝은 덕을 더욱 선명히 드러내고(명명덕), 이를 토대로 타인과 함께 성장하며(친민), 궁극적으로 모두가 최고의 선을 향해 나아가는(지어지선) 과정입니다.

스티븐 코비가 말하는 '승승' 역시 자신만의 욕심을 채우는 것에 그치지 않으며 구성원 전체의 가치를 존중하고 함께 이익을 추구하는 태도입니다. 이 점에서 명명덕은 자신의 본질적 가치를 깨닫고 올바른 태도를 확립하는 것과 닮아 있습니다. 친민은 자신을 둘러싼 사람들, 즉 공동체 구성원과 동등한 시야에서 연대하고 소통하려는 노력을 의미하는데 이는 타인의 이익도 함께 고려하는 코비의 승승 접근법과 부합합니다. 마지막으로 지어지선은 가장 선한 결과를 지향한다는 뜻으로 갈등이나 협상 상황에서도 궁극적으로는 모두가 한 단계 더 나은 상태에 이르도록 돕는 승-승 마인드와 같은 맥락입니다.

코비의 네 번째 습관인 '승-승을 생각하라'는 현대 조직과 인간관계 속에서 단순히 협상 전략으로 쓰이는 것을 넘어, 유교 경전인 『대학』이 전하는 공동체 의식 및 상생 철학과 결을 같이합니다. 개인의 성장을 넘어 전체가 함께 이익을 얻을 수 있다는 태도는 변화와 갈등이 잦은 오늘날의 사회에서 더욱 중요한 가치입니다. 이 장에서는 그 핵심인 '승-승'을 『대학』의 원리와 연결해 구체적으로 풀어봄으로써, 삶과 조직 안에서 어떻게 이 사고방식을 체화하고 실천할 수 있는지를 모색하고자 합니다.

2. 대학의 핵심 원리와 승-승 사고

『대학』은 개인 수양과 공동체 번영을 함께 추구하는 대표적인 경전으로, '명명덕', '친민', '지어지선'이라는 세 가지 원리로 구성됩니다. 이 개념은 스티븐 코비가 말하는 '승-승' 사고와도 맞닿아 있어, 단순히 자기 이익만을 지키거나 양보하는 것이 아닌, 서로에게 이익이 되는 결과를 창출합니다.

2-1 명명덕과 자기 이해

명명덕明明德은 '밝은 덕을 밝힌다'는 뜻으로 자신의 내면적 본성을 인식하고 수양해 나가는 과정입니다. 이는 '자기 인식Self-awareness' 개념과도 밀접한 연관이 있는데, 다른 사람과 상생하여 승승의 관계를 구축하고자 한다면 먼저 자신이 어떤 가치관을 지니고 무엇을 원하는지를 분명히 자각해야 하기 때문입니다.

명명덕이 강조하는 내면의 선善을 드러내는 과정이란 개인이 이기적인 욕심에 휘둘리지 않고 본래 지닌 선한 성품을 더욱 밝게 드러내려는 태도를 말합니다. 단순히 욕망을 억누르는 것이 아니라 스스로가 지닌 긍정적 덕성을 자각하고 이를 발전시키려는 노력이 곧 명명덕의 핵심입니다.

자신과 타인의 요구를 동시에 충족시키려면 우선 내가 진정으로 원하는 것이 무엇인지 분명하게 알아야 합니다. 그래야 상대의 입장을 이해하고 서로에게 도움이 될 해법을 찾을 수 있기 때문입니다.

2-2 친민과 협력 정신

친민親民은 백성과 가깝게 지내다라는 의미지만 백성을 새롭게 하다라는 관점으로 파악하기도 합니다. 중요한 것은 자신이 아닌 타자와 교감하며 함께 성장한다는 데 있습니다.

승승 사고는 자기 이익만을 앞세우는 대신 상대방이 얻을 이익도 동등하게 존중하는 협력적 시각입니다. 이는 조직과 사회 전체가 함께 번영하기 위한 마인드를 강조하는 것으로, 친민의 핵심도 공동체적 상생과 맞닿아 있습니다.

진정한 승-승을 실현하기 위해서는 내가 이기는지 지는지라는 이

분법적 계산을 넘어, 타인과의 연대와 파트너십을 적극적으로 모색하는 자세가 요구됩니다. 친민이라는 개념은 이러한 연대의식을 더욱 공고히 해 주는 철학적 토대를 제공한다고 할 수 있습니다. 즉 개인과 공동체가 함께 성장하고 발전할 수 있도록, 서로에게 이익이 되는 방향으로 협력과 배려를 이끌어내는 것이야말로 친민 정신의 핵심적인 가치라고 볼 수 있습니다.

2-3 지어지선과 공동 목표

지어지선止於至善은 가장 선善한 지점에 멈춘다는 뜻으로, 최상의 선을 향해 끊임없이 나아가는 과정을 의미합니다. 현재 상태에서 머무르거나 적당한 수준에서 타협하는 것이 아니라 개인과 공동체 모두가 지속적으로 발전하고 더 나은 방향을 추구해야 한다는 철학을 담고 있습니다. 승승 사고 역시 단순한 합의나 일시적인 해결책을 넘어서 모두에게 더욱 이익이 되는 창의적 해결책을 모색하는 태도를 강조합니다. 코비는 이를 "더 큰 케이크 만들기"에 비유하는데 이는 기존의 자원을 나누는 방식이 아니라 더 큰 가치를 창출하여 함께 나누는 방식을 의미합니다.

지어지선의 궁극적인 목표는 최고의 선善을 추구하는 것입니다. 개인의 수양을 넘어 공동체 전체가 함께 지향해야 할 목표를 설정하고 이를 실천하는 과정이야말로 진정한 발전이라 할 수 있습니다.

갈등을 해결하는 방법 중 하나로 '50 대 50으로 나누는 절충안'을 생각할 수 있지만 승승 사고와 지어지선이 강조하는 바는 양측 모두가 만족할 수 있는 새로운 대안을 마련하는 것이며 이는 협력을 통해 더 창조적인 해결책을 도출해가는 과정입니다.

『대학』이 제시하는 명명덕(자기 이해와 긍정적 인격), 친민(협력 정신과 연대), 지어지선(공동의 높은 목표 지향)의 구조는, 스티븐 코비의 '승-승 사고'가 지향하는 바와 깊이 연관되어 있습니다. 자신의 선한 본성을 인식하고 타인과 협력하며 모두가 함께 더 큰 성취를 이루도록 돕는 태도는 현대사회에서 효과적인 리더십과 문제 해결 능력을 갖추는 데 중요한 기반이 됩니다. 갈등 상황에서 단순히 한쪽이 이익을 얻거나 손해를 감수하는 방식이 아니라 함께 성장할 수 있는 창조적 해결책을 찾아가는 과정이야말로 진정한 승-승 사고의 실현이라 할 수 있습니다.

3. 승-승을 실천하는 리더십

3-1 승-승을 이끄는 리더의 역할

'승-승' 사고방식을 조직과 공동체에서 실천하려면 이를 이끌어가는 리더의 역할이 무엇보다 중요합니다. 『대학』에서는 지도자가 타인을 이끌기 전에 먼저 자신의 인격을 갈고닦아야 한다는 수기치인修己治人의 원칙을 강조합니다. 이는 리더가 자기 성찰을 통해 스스로 단련하고 덕을 쌓아야, 타인에게 긍정적인 영향을 미칠 수 있다는 의미입니다. 이러한 개념은 리더십의 핵심 요소인 인격, 신뢰, 겸손과도 맞닿아 있습니다.

리더가 승-승 사고를 실천하기 위해서는 먼저 자기 성찰(명명덕)을 통해 자신의 가치와 목표를 명확히 정립해야 합니다. 이후 타인을 배려하는 태도(친민)를 기반으로 조직 내 협력 문화를 조성하고 궁극적으로 공동의 목표(지어지선)를 달성하도록 돕는 역할을 수행해야 합니다.

3-2 협력적 갈등 관리와 의사결정

조직과 공동체 내에서 발생하는 갈등을 어떻게 해결하느냐는 리더십의 중요한 요소입니다. 이익 충돌이나 의견 차이가 생길 때 많은 사람이 승-패Win-Lose 구조로 접근하여 한쪽이 손해를 감수해야 한다고 생각합니다. 하지만 『대학』에서 강조하는 이상적인 사회는 단순한 경쟁과 갈등을 넘어 모두가 조화롭게 공존하는 대동大同의 사회입니다. 이는 갈등을 단순한 대립이 아니라 협력을 통해 더 나은 해결책을 찾을 기회로 삼는 승-승Win-Win 전략과 맞닿아 있습니다.

리더는 갈등을 조정할 때 '누가 옳고 그른가'에 집중하는 대신 어떻게 하면 공동의 목표를 설정하고 이를 달성할 수 있을지에 초점을 맞춰야 합니다. 조직 내에서 의견 차이가 발생했을 때 서로의 입장을 존중하는 대화 구조를 마련하고 합의점을 찾을 수 있도록 조율하는 과정이 중요합니다. 이를 위해 리더는 열린 소통 문화를 조성하고 구성원들이 자신의 생각을 자유롭게 표현할 수 있도록 배려해야 합니다. 또한 단기적인 해결책이 아니라 조직과 팀 전체가 지속적으로 성장할 수 있는 방향으로 의사결정을 내리는 것이 중요합니다.

3-3 신뢰 구축과 공동체의식

승-승 사고가 실현되기 위해서는 신뢰trust라는 기반이 필요합니다. 유교에서 신뢰는 '인의예지신仁義禮智信'의 다섯 가지 핵심 가치 중 하나로 강조되며 특히 공동체 속에서 개인과 개인이 서로를 믿고 존중하는 것이 협력의 출발점이라고 봅니다. 스티븐 코비 역시 신뢰를 리더십의 핵심 요소로 보고 있으며 개인의 성품과 인격이 신뢰 형성에 중요한 역할을 한다고 강조합니다.

『대학』에서 말하는 이상적인 리더는 타인에게도 덕을 밝힐 수 있도록 돕는 존재입니다. 이는 자신만 덕을 쌓는 것이 아니라 주변 사람들도 긍정적인 방향으로 성장할 수 있도록 이끄는 태도를 의미합니다. 승-승 사고를 실천하는 리더는 단순히 조직을 관리하는 사람이 아니라 구성원 개개인의 성장을 도우면서 전체 조직이 함께 발전할 수 있도록 돕는 존재가 되어야 합니다.

승-승을 실천하는 리더십은 개인의 인격 수양, 갈등을 협력적으로 해결하는 능력, 그리고 조직 내 신뢰를 형성하는 역량을 바탕으로 완성됩니다. 『대학』과 코비의 리더십 철학이 만나는 지점은 개인과 공동체가 함께 성장하는 구조를 만드는 것이며 이것이 곧 현대 조직과 사회에서 필요한 이상적인 리더십의 방향이라 할 수 있습니다.

제5장 소통과 신뢰 : 심통성정과 공감 능력

1. 공감적 소통이 필요한 이유

1-1 왜 우리는 서로를 이해하지 못하는가?

현대사회는 빠른 정보 전달과 디지털 기술의 발전으로 인해 과거보다 훨씬 더 많은 의사소통이 이루어지고 있습니다. 이와 동시에 사람들 간의 이해 부족과 오해가 더욱 빈번하게 발생하고 있습니다.

첫째, 디지털시대의 소통 방식 변화로 인해 공감과 감정적 교류가 줄어들었습니다. 온라인 메시지와 이메일 같은 비대면 커뮤니케이션 방식이 증가하면서 비언어적 요소(표정, 톤, 제스처) 없이 텍스트로만 의사소통하는 경우가 많아졌습니다. 이는 상대의 의도를 잘못 해석하거나 감정을 충분히 전달하지 못하는 문제를 초래할 수 있습니다.

둘째, 경청 부족과 공감 부재가 관계의 갈등을 유발합니다. 사람들은 상대의 말을 듣기보다는 자신의 의견을 말하는 데 더 집중하는 경향이 있습니다. 대화를 나누면서도 머릿속으로 다음에 할 말을 준비하거나 상대방의 감정을 깊이 들여다보기보다는 표면적인 내용에만 집중하는 경우가 많습니다. 이러한 태도는 관계에서 신뢰를 무너뜨리고 불필요한 갈등을 발생시키는 주요 원인이 됩니다.

셋째, 빠른 정보 소비와 즉각적인 반응 문화가 오해를 증폭시킵니다. 우리는 소셜미디어와 뉴스를 통해 짧은 시간 안에 수많은 정보를 접합니다. 이 과정에서 깊이 있는 이해 없이 단편적인 정보만으로 판단하는 경우가 많으며 상대의 의도를 곡해하거나 감정적인 반응을 보이기도 합니다. 이는 대화의 질을 떨어뜨리고 불필요한 논쟁을 유발할 수 있습니다.

1-2 공감 기반 소통의 중요성

공감적 소통은 상대방의 말을 듣는 것을 넘어 그 사람의 입장과 감정을 이해하고 존중하는 과정으로 다음과 같이 중요한 주제입니다.

첫째, 신뢰 형성을 위한 핵심 요소입니다. 공감은 관계에서 신뢰를 쌓는 중요한 요소이며 상대방이 이해받고 있다고 느낄 때 신뢰가 형성됩니다. 공감이 부족한 관계에서는 서로 방어적이 되거나 갈등이 증폭될 가능성이 높습니다. 상대방의 감정을 충분히 이해하고 이를 바탕으로 대화할 때 소통의 질이 향상되고 더 건강한 관계를 유지할 수 있습니다.

둘째, 조직과 인간관계에서 효과적인 협력의 조건입니다. 공감이 있는 조직에서는 구성원 간의 협업이 원활하게 이루어지며 서로의 의견을 존중하는 분위기가 조성됩니다. 이는 생산성 향상뿐만 아니라 조직의 장기적인 성공에도 긍정적인 영향을 미칩니다. 리더가 공감적 소통을 실천할 때 팀원들은 더욱 적극적으로 의견을 나누고 문제 해결에 기여할 가능성이 높아집니다.

셋째, 공감적 소통은 갈등을 해결하는 강력한 도구입니다. 대인 관계에서 발생하는 대부분의 갈등은 서로의 입장 차이를 충분히 이해하지 못한 데서 비롯됩니다. 공감을 바탕으로 상대방의 감정을 인정하고 그들이 겪는 어려움을 이해하려 할 때 불필요한 오해를 줄이고 더 원만한 해결책을 찾을 수 있습니다.

2. 심통성정과 공감 리더십

심통성정心統性情은 인간 심성心性 이론으로, 마음[心]이 본성[性]과 감정[情]을 조화롭게 통합해야 한다는 철학적 개념입니다. 이는 현대의 감정지능EQ 이론과도 연결되며 특히 공감적 리더십을 실천하는 데 중요한 이론적 기반을 제공합니다.

심통성정의 핵심은 인간 내면에서 본성과 감정이 조화를 이루도록 하는 것이며 이를 통해 개인이 스스로를 다스리고 타인과 원만한 관계를 형성할 수 있도록 합니다. 이 개념은 리더십과 소통의 핵심 원리와도 맞닿아 있으며 감정을 다스리고 도덕적 기준을 유지하는 리더가 공감적 소통을 실천할 수 있도록 돕는 역할을 합니다.

2-1 심통 : 조화와 통합의 중심

마음은 내면에서 본성性과 감정情을 통합하는 역할을 합니다. 이는 인간이 도덕적 판단을 내리거나 감정을 조절하는 과정에서 중요한 요소로 작용합니다.

통統은 조화롭게 다스리는 역할을 의미하며 본성과 감정의 균형을 유지할 때 바람직한 인간관계를 형성할 수 있음을 뜻합니다. 감정이 과하면 이성을 잃고 논리적으로 판단해야 할 순간에 감정적 반응을 보일 가능성이 커집니다. 반대로 도덕성만 강조하면 인간미가 부족해지고 타인의 감정을 공감하는 능력이 떨어질 수 있습니다. 마음은 이러한 요소들을 적절히 통합하여 균형을 유지하는 역할을 합니다.

2-2 성과 정의 관계

심통성정의 개념에서 성性과 정情은 서로 연결된 요소로 인간이 선한 본성을 유지하기 위해서는 감정을 적절히 다스리는 것입니다.

성性은 인간이 태어날 때부터 지닌 도덕적 본성으로 선함, 정의로움, 타인을 배려하는 마음 등이 포함됩니다. 정情은 경험과 상황에 따라 변화하는 감정의 흐름으로 환경과 관계 속에서 다양한 감정을 경험하며 그 감정은 상황에 따라 변화합니다. 우리는 감정을 무시하거나 억누르는 것이 아니라 이를 적절히 다스려 긍정적인 방향으로 활용하는 것이 필요합니다.

2-3 공감적 리더십

공감적 리더십을 실천하기 위해서는 타인의 감정을 이해하기 전에 먼저 자기 내면을 성찰하고 조율할 수 있어야 합니다. 자신의 감정을 조절하고 균형을 유지할 줄 아는 리더는 타인을 공정하게 이해하고 공감할 수 있습니다. 공감적 리더는 감정적 반응에 앞서 본성과 감정을 적절히 조율하며 신뢰를 형성하는 능력을 갖춘 사람입니다. 따라서 심통성정의 개념을 기반으로 자기 성찰을 하고 감정을 다스리는 훈련을 하면 더 효과적인 소통과 리더십을 실천할 수 있습니다.

3. 적극적 경청의 기술

3-1 소통의 가장 중요한 요소 : 듣기 vs 이해하기

많은 사람은 '듣는 것'과 '이해하는 것'을 같은 의미로 생각하지만 이 둘은 본질적으로 차이가 있습니다. 듣는 것은 소리를 인식하는 행위이며 이해하는 것은 상대방의 감정과 의도를 깊이 파악하고 공감하는 것입니다. 상대의 말을 단순히 듣는 것이 아니라 그 속에 담긴 의미와 감정을 온전히 받아들이고 해석하는 것이 진정한 '이해하는 듣기'라고 할 수 있습니다.

현대사회에서는 이러한 적극적 경청Active Listening이 점점 부족해지고 있습니다. 디지털 환경이 발전하면서 짧고 즉각적인 대화가 늘어나고 텍스트 기반의 소통이 많아지면서 상대의 말에 집중하기보다 빠르게 자신의 의견을 전달하는 것에 초점을 맞추는 경향이 강해졌습니다. 이러한 변화는 소통 과정에서 오해를 불러일으키기 쉽고 상대방의 감정을 깊이 이해하기 어렵습니다. 그 결과, 대화의 질이 낮아지고 관계 속에서 신뢰를 형성하기 어려운 문제가 발생하게 됩니다.

일상적인 대화 속에서도 우리는 종종 다음과 같은 경향을 보입니다. 상대방이 말하는 동안 대답을 미리 준비하느라 정작 중요한 의미를 놓치는 경우, 상대의 말이 끝나기도 전에 감정적으로 반응하거나 의견을 덧붙이는 경우, 상대방의 말에 실제 관심이 없거나 피상적으로 듣고 적당한 반응만 보이는 경우.

이러한 태도는 깊이 있는 대화를 방해하고 상대방이 내 말을 제대로 듣지 않는다는 느낌을 받게 만듭니다. 상대방은 자신이 존중받지 못한다고 느끼게 되고 이러한 경험이 반복되면 관계에서 신뢰가 약해지며 효과적인 소통이 어려워질 수 있습니다.

그렇다면 어떻게 하면 단순한 듣기가 아닌 이해하는 듣기를 실천할 수 있을까요? 이를 위해서는 적극적 경청의 핵심인 집중하기, 반응하기, 요약하고 확인하기라는 세 가지를 실천함으로써, 우리는 상대방의 감정을 깊이 이해하고 신뢰를 쌓을 수 있는 대화를 할 수 있습니다.

3-2 적극적 경청의 핵심 3단계

적극적 경청을 실천하기 위해서는 단순히 상대방의 말을 듣는 것이 아니라 집중, 반응, 이해 확인이라는 세 가지 핵심 과정을 거쳐야 합니다. 이 단계들은 상대방의 말과 감정을 효과적으로 받아들이고 신뢰를 구축하는 데 중요한 역할을 합니다.

1) 집중하기 : 주의 분산을 막고 상대에게 온전히 집중

적극적 경청의 첫 번째 단계는 상대방에게 온전히 집중하는 것입니다. 우리는 대화를 나누면서도 스마트폰을 확인하거나, 다른 생각을 하거나, 주변 환경에 주의를 빼앗기곤 합니다. 상대방의 말을 제대로 이해하기 위해서는 집중하는 태도가 필수적입니다.

집중력을 높이기 위해서는 다음과 같은 요소를 실천하는 것이 중요합니다. 눈을 맞추고 상대방의 말을 듣는다. 이는 상대에게 관심을 기울이고 있음을 보여주는 중요한 신호입니다. 핸드폰, 노트북 등 주의를 분산시키는 요소를 제거한다. 주변의 방해 요소를 최소화하면 상대방의 말에 더욱 몰입할 수 있습니다. 상대의 말에 집중하면서 공감하는 자세를 유지한다. 상대의 감정을 존중하고 이해하려는 태도를 보이면 대화가 더욱 깊이 있게 이루어집니다.

이러한 집중은 상대방이 내 이야기에 진심으로 관심을 갖고 있다는 신뢰를 느낍니다.

2) 반응하기 : 비언어적 피드백을 활용하여 공감 표현

경청은 듣는 것에 그치는 것이 아니라 적절한 피드백을 통해 상대방에게 관심과 이해를 표현하는 과정입니다. 다음과 같은 비언어적

피드백 기법을 실천하면 상대방이 더욱 신뢰를 느낄 수 있습니다.

고개 끄덕이기 : 상대방의 말을 이해하고 있음을 보여주는 신호입니다.

적절한 눈맞춤 : 관심을 기울이고 있다는 메시지를 전달하는 방법입니다.

표정 변화 : 상대방의 감정에 따라 자연스럽게 반응하는 것입니다. 상대가 기쁜 이야기를 하면 미소를 짓고 고민을 이야기할 때는 진지한 표정을 유지해야 합니다.

음성 피드백 : 간단한 말("음, 그렇군요." "정말요?" "그랬군요.")을 통해 상대방의 말을 주의 깊게 듣고 있음을 표현할 수 있습니다.

이러한 비언어적 피드백은 내 말이 존중받고 있으며 진심으로 경청되고 있다는 신뢰감을 형성합니다.

3) 요약하고 확인하기 : 상대방의 말을 반복하여 이해를 검증

적극적 경청의 마지막 단계는 상대방의 말을 요약하고 확인하는 과정입니다. 이는 오해를 방지하고 상대방의 의도를 더 정확하게 이해하는 것입니다.

이해를 검증하는 방법으로는 다음과 같은 기법을 활용할 수 있습니다.

상대의 말을 정리해서 다시 표현하기 : "그러니까, 지금 프로젝트 일정이 너무 빠듯해서 어려움을 겪고 있다는 말씀이시죠?" 상대방의 말을 재구성하여 전달함으로써 본인이 올바르게 이해했는지 확

인할 수 있습니다.

상대가 맞는지 확인하는 질문 던지기 : "제가 제대로 이해한 게 맞나요?" 이를 통해 상대방이 자신의 의도를 다시 설명할 기회를 가질 수 있으며 불필요한 오해를 줄일 수 있습니다.

이러한 과정은 단순한 듣기가 아니라 상대방의 감정을 깊이 이해하고 적극적으로 피드백하는 방식입니다. 또한 상대방도 본인의 의도가 올바르게 전달되었는지를 확인할 수 있기에 더욱 효과적인 소통이 이루어질 수 있습니다.

4. 디지털시대의 공감 소통

디지털 환경이 발전하면서 대면 소통보다 비대면 커뮤니케이션이 보편화되고 있습니다. 온라인을 통한 대화는 물리적 거리의 한계를 극복하는 데 도움을 주지만 감정과 의도를 충분히 전달하기 어려운 한계를 가지고 있습니다. 특히 이메일, 메시지, 화상회의 등의 비대면 소통 방식에서는 얼굴 표정, 목소리 톤, 몸짓과 같은 비언어적 요소가 제한되기 때문에 상대방의 감정을 이해하는 데 어려움이 있습니다. 이러한 환경에서는 작은 표현의 차이만으로도 오해가 발생할 가능성이 커지고 신뢰를 쌓는 과정이 더디게 진행될 수 있습니다. 디지털시대에도 효과적인 공감을 실천하고 신뢰를 구축하기 위해서는 새로운 소통 방법이 필요합니다.

4-1 비대면 환경에서도 공감을 실천하는 방법

디지털시대에 공감을 실천하기 위해서는 의도와 감정을 명확하게 표현하는 것이 중요합니다. 상대방이 메시지를 읽고 오해하지 않도록 배려하는 태도가 필요하며 신뢰를 형성할 수 있는 대화 방식이 요구됩니다.

먼저 비언어적 소통이 어려운 온라인 환경에서 신뢰를 구축하는 방법을 살펴보면 다음과 같습니다. 메시지를 작성할 때 감정을 고려하고 불필요한 오해를 피할 수 있도록 신중하게 단어를 선택해야 합니다. 대화 속에서 상대방의 의견에 반응하고 적극적인 피드백을 제공하여 상대방이 존중받고 있다고 느낄 수 있도록 해야 합니다. 신뢰를 유지하기 위해 투명하고 일관된 태도를 유지하고 가능하면 빠르고 명확한 응답을 제공하는 것이 중요합니다. 이메일이나 메시지를 작성할 때 오해를 방지하는 세 가지 원칙을 적용하면 더 원활한 소통이 가능해집니다.

첫째, 감정을 표현하는 단어를 적극적으로 활용하는 것이 필요합니다. 디지털 커뮤니케이션에서는 비언어적 신호가 부족하기에 상대방이 메시지를 읽으며 감정을 해석하는 것이 어렵습니다. 따라서 "기쁘게 생각합니다" "감사드립니다" 등의 표현을 통해 감정을 전달하는 것이 좋습니다.

둘째, 긍정적인 피드백을 포함하는 것이 중요합니다. 단순한 정보 전달보다는 상대방의 의견을 존중하는 태도를 보이는 것이 효과적입니다. 예를 들어 "좋은 아이디어네요! 이 점을 추가로 고려해보

면 더 효과적일 것 같습니다"와 같은 방식으로 피드백을 하면 상대
방이 자신의 의견이 가치 있다고 느낄 수 있습니다.

셋째, 명확한 의도를 전달하는 것이 필요합니다. 디지털 소통에
서는 모호한 표현이 오해를 초래할 수 있기 때문에 메시지를 간결
하면서도 명확하게 작성하는 것이 중요합니다. 예를 들어 "이 부분
이 조금 더 구체적으로 설명되면 좋겠습니다"와 같이 구체적인 요
청을 하면 상대방이 혼란 없이 메시지를 이해할 수 있습니다.

이러한 원칙을 실천하면 온라인에서도 오해를 최소화하고 더 효
과적인 공감 소통이 가능해집니다.

4-2 AI시대, 인간의 공감 능력이 더욱 중요한 이유

4차 산업혁명과 인공지능AI의 발전으로 인해 많은 업무가 자동화
되고 있으며 기계가 인간의 역할을 대체하는 영역이 점점 증가하고
있습니다. 하지만 AI가 발전하더라도 인간만이 지닌 공감 능력은
여전히 필수적인 역량으로 남아 있습니다.

AI가 대체할 수 없는 인간의 핵심 역량을 살펴보면 AI는 방대한
데이터를 빠르게 분석하고 논리적인 결정을 내릴 수 있지만 타인의
감정을 이해하고 이를 바탕으로 상호작용하는 능력은 부족합니다.
AI는 표면적으로 감정을 분석할 수는 있지만 대화의 맥락과 개인의
상황을 고려하여 깊은 공감을 실천하는 것은 여전히 인간만이 할
수 있는 영역입니다. AI가 감정 분석을 통해 '고객이 화가 나 있다'
는 사실을 인식할 수는 있지만 왜 화가 났는지 맥락을 정확하게 파

악하고 이를 바탕으로 적절한 대응을 하는 것은 인간의 공감 능력이 필요한 부분입니다.

미래사회에서는 단순한 업무 처리 능력보다도 감정을 바탕으로 한 소통과 리더십이 더욱 중요한 역할을 하게 될 것입니다.

첫째, 리더십에서 공감 능력의 중요성이 점점 강조되고 있습니다. 조직에서 신뢰받는 리더는 팀원들의 감정을 이해하고 배려하는 소통을 실천하는 사람입니다. 팀원들이 의견을 자유롭게 표현할 수 있도록 장려하고 공감적인 대화를 나누는 리더는 조직의 결속력을 강화하고 성과를 극대화할 수 있습니다.

둘째, AI시대에도 인간 중심의 소통 방식이 필요합니다. 자동화된 환경에서도 협업과 감정적 교류는 필수적이며 사람들은 단순히 효율적인 결과만을 원하지 않습니다. 오히려 기술이 발전할수록 공감과 신뢰를 기반으로 한 인간적 소통이 더욱 중요해질 것입니다.

AI가 발전할수록 인간의 역할은 더욱 "공감, 창의성, 관계 구축"과 같은 영역으로 집중될 것입니다. 따라서 공감적 소통 능력은 단순한 커뮤니케이션 기술이 아니라 미래사회에서 더욱 강조될 필수적인 리더십 역량입니다.

제6장 시너지를 내라 : 백록동규와 지행합일

1. 백록동규의 교훈과 행동의 일치

백록동규白鹿洞規는 송나라 주자가 교육과 학문을 통해 도덕적 수양과 지행합일知行合一을 이루기 위한 규율을 담은 교육 규범입니다. 이는 퇴계의 성학십도에서도 중요한 역할을 하며 지식과 행동의 일치를 강조하는 원칙입니다. 백록동규의 핵심 교훈은 배운 것을 실천하는 것입니다. 지식은 머릿속에 있는 이론에 그쳐서는 안 되고 이를 행동으로 옮겨 실천하는 데에서 진정한 의미를 얻는다는 것입니다.

1-1 백록동규의 교훈

백록동규는 자기 훈련과 실천을 통해 도덕적 인간으로 성장하는 것을 목표로 합니다. 학문을 통해 얻은 지식은 실천하지 않으면 무의미하다는 가르침을 담고 있으며 지행합일의 원칙을 통해 배운 지식을 도덕적 판단과 현실적 행동으로 연결해야 한다고 강조합니다.

이러한 교훈은 리더십에 있어서도 중요한 지침을 제공합니다. 리더는 내면적 수양을 바탕으로 올바른 도덕적 판단을 내리고 이를 행동으로 실천하며 일관된 말과 행동으로 신뢰를 쌓아야 합니다. 리더는 타인을 배려하고 공동의 목표를 위해 협력과 팀워크를 강조하며 조직의 도덕적 기준을 높이는 데 기여해야 합니다. 도덕적 모범이 되는 리더는 구성원들에게 긍정적인 영향을 미치고 조직과 공동체의 조화를 이끄는 핵심적인 역할을 합니다.

1-2 지행합일 : 지식과 행동의 일치

지행합일知行合一은 백록동규의 핵심 철학으로, 배움知과 실천行의 조화를 이루는 것을 의미합니다. 이는 배운 지식을 도덕적 판단과 현실적 행동으로 일치시키는 것이며 말과 행동의 일관성을 통해 신뢰를 쌓는 것입니다.

지행합일은 이론과 실천이 하나로 연결되어야 한다는 원칙에 기반합니다. 일관된 행동을 보여주는 것은 말과 행동의 불일치를 방지하고 신뢰를 구축하는 데 중요한 요소입니다. 백록동규는 배운 가치를 현실적 결정을 통해 적용하고 조직 내 도덕적 기준을 높이는 것이 필요하다고 가르칩니다.

이 철학은 리더의 역할에 깊은 의미를 부여합니다. 리더는 자신의 지식을 실천으로 옮기며 모범을 보여야 합니다. 이러한 실천은 구성원들에게 긍정적인 영향을 미치고 도덕적 판단을 할 수 있는 기반을 마련하여 조직 전체의 도덕적 분위기를 형성합니다.

2. 다양성 존중과 창의적 협업

다양성 존중과 창의적 협업은 현대 조직에서 혁신과 성과를 창출하는 핵심 요소입니다. 백록동규의 지행합일의 원칙은 지식과 행동의 일치뿐만 아니라 다양한 배경과 관점을 존중하고 협력을 통해 시너지를 창출하는 데 중요한 지침을 제공합니다. 이는 현대 조직이 다양성을 바탕으로 한 협력을 통해 더 나은 창의적 해결책과 혁신적 아이디어를 만들어낼 수 있도록 하는 중요한 원칙입니다.

2-1 다양성의 힘 : 창의적 시너지의 원천

다양성은 창의성과 혁신을 촉진하는 핵심 요소입니다. 서로 다른 배경과 경험, 기술을 가진 사람들이 협력할 때 독창적인 아이디어가 결합되어 창의적 시너지가 형성됩니다. 다양한 관점의 융합은 문제 해결력을 높이고 조직의 효율성을 강화하는 데 기여합니다. 조직 내에서 리더는 구성원들의 의견을 존중하고 경청하며 포용적인 환경을 조성해야 합니다. 이러한 환경은 심리적 안전감을 제공하여 구성원들이 자유롭게 의견을 나누고 협력할 수 있도록 돕습니다. 특히 글로벌 사회에서는 문화적, 인종적 다양성이 협력과 혁신의 중요한 요소로 작용하며 조직이 글로벌 시장에서 경쟁력을 갖추는 데 필수적입니다.

2-2 창의적 협업 : 다양한 역량의 결합

창의적 협업은 다양한 역량을 가진 팀원들이 공동의 목표를 달성하기 위해 협력하는 과정입니다. 성공적인 협업을 위해서는 다양성을 존중하고 상호 신뢰를 바탕으로 팀원들이 자유롭게 아이디어를 공유할 수 있는 환경이 필요합니다. 각 구성원의 강점을 이해하고 이를 효과적으로 활용하는 상호 보완적 협력은 창의적 협업의 핵심입니다.

예를 들어 기술적 역량이 뛰어난 팀원과 기획 및 소통 능력이 우수한 팀원이 협력할 때 더 창의적이고 실질적인 결과를 도출할 수 있습니다. 또한 협업을 통해 문제 해결의 속도가 향상되고 효율성이 극대화됩니다. 다양한 아이디어가 충돌하고 결합되면서 더 나은 해결책이 도출되며 구성원들이 각자의 역할을 수행하며 상호 지원함으로써 목표를 효과적으로 달성할 수 있습니다.

3. 시너지 효과를 통한 혁신 창출

3-1 시너지란 무엇인가?

시너지는 다양한 사람들이 협력하여 개별적인 노력 이상의 성과를 만들어내는 현상을 의미합니다. 이는 각자의 강점과 능력을 결합하여 상호 보완적으로 창의적이고 혁신적인 결과를 도출하는 과정입니다. 시너지는 단순한 결과의 합을 넘어서, 협력을 통해 더욱 창의적이고 효과적인 해결책을 찾는 데 중요한 역할을 합니다.

3-2 시너지 창출을 위한 기본 자세

시너지 창출의 첫 번째 조건은 승-승의 태도를 가지는 것입니다. 승-승의 태도는 모든 참여자가 상호 이익을 추구하며 서로의 성공을 목표로 협력하는 자세입니다. 이는 개인의 이익만을 고려하는 것이 아니라 타인의 이익을 자신의 이익과 동등하게 여기고 상호 존중과 배려를 바탕으로 협력과 조화를 중시하는 기본 정신입니다. 이러한 태도는 협력적 환경을 조성하고 더 큰 성과를 도출할 수 있는 기반이 됩니다.

둘째는 경청의 자세입니다. 경청은 다른 사람의 의견을 진심으로 듣고 이해하려는 태도를 말합니다. 경청은 상대방의 관점을 존중하고 서로 다른 의견이 조화를 이루어 더 나은 결과를 도출할 수 있도록 돕습니다. 이는 상호 신뢰를 형성하며 협력적 분위기를 강화하는 핵심 요소입니다.

셋째는 창조적 대안에 대한 믿음입니다. 창조적 대안에 대한 믿음은 기존의 방법이나 해결책을 뛰어넘어 새로운 방식으로 문제를 해결할 수 있다는 확신을 의미합니다. 이는 다양한 관점을 조화롭게 통합하여 모두가 만족할 수 있는 해결책을 찾으려는 긍정적이고 개방적인 자세에서 비롯됩니다.

4. 시너지 창출을 위한 행동

첫째는 문제가 무엇인지, 무엇을 할 수 있는가에 대한 질문입니다. 문제를 명확히 정의하고 현재 상황에서 해결 가능한 방법을 찾아냅니다. 이는 상황을 분석하고 실현 가능한 행동 계획을 세우는 데 초점을 맞춥니다.

둘째는 상대방의 견해를 이해합니다. 상대방의 의견과 관점을 경청하고 그들의 필요와 우려를 이해하려 노력합니다. 상대방의 입장을 이해하는 과정은 협력적 관계를 형성하고 신뢰를 구축하는 데 필수적입니다.

셋째는 나의 견해를 말합니다. 자신의 입장과 의견을 명확히 전달하되 상대방의 관점을 존중하며 소통합니다. 이는 자신이 추구하는 목표와 가치를 분명히 하면서도 협력의 가능성을 열어두는 태도를 포함합니다.

넷째는 둘 다 만족시킬 수 있는 새로운 대안 창출입니다. 상호 이익을 충족시킬 수 있는 새로운 대안을 모색합니다. 이는 서로 다른 관점을 통합하여 창의적인 해결책을 도출하고 모든 참여자가 만족할 수 있는 결과를 추구하는 과정입니다.

다섯째는 최선의 해결책인 더 좋은 방안을 생각하는 것입니다. 가능한 대안 중 최상의 해결책을 선택하여 실행합니다. 이는 모든 참여자가 동의할 수 있는 최적의 결과를 도출하기 위한 협력의 절정이며 시너지 효과의 핵심입니다.

5. AI시대에서의 시너지 효과

AI시대는 기술과 인간의 협력이 혁신 창출의 중심으로 떠오르고 있습니다. AI는 방대한 데이터를 처리하고 객관적 분석을 통해 최적의 결정을 내리는 데 유리하지만 창의적 문제 해결과 감정적 지능은 여전히 인간만이 발휘할 수 있는 고유한 역할입니다. AI와 인간의 협력을 통해 시너지 효과를 극대화하면 더욱 혁신적이고 탁월한 결과를 이끌어낼 수 있습니다.

AI는 데이터 분석과 객관적 평가를 통해 인간의 의사결정을 보완합니다. AI의 정확성과 인간의 창의력이 결합될 때 최적의 결과를 도출할 수 있습니다. 또한 AI는 팀 내 협력적 소통을 강화하는 도구로 활용될 수 있습니다. AI는 구성원 간의 소통을 분석하고 더 효율적인 협력 방식을 제안함으로써 팀의 시너지 효과를 증대시킵니다. 이를 통해 혁신적인 아이디어가 교환되고 문제 해결 과정이 한층 더 신속하고 효과적으로 이루어질 수 있습니다.

시너지 효과는 다양한 역량을 결합하여 협력을 통해 더 큰 혁신적 성과를 만들어내는 핵심 원리입니다. 백록동규의 교훈과 지행합일의 원칙은 이러한 시너지 효과를 극대화하는 데 중요한 철학적 지침을 제공합니다. AI시대에서도 기술과 인간의 협력은 시너지를 극대화하고 창의적 협업을 통해 혁신적인 해결책을 제시하는 데 중추적인 역할을 합니다. 리더는 협력적 환경을 조성하고 다양성을 존중하며 팀원들이 자신의 역량을 최대한 발휘할 수 있는 여건을 마련해 시너지 효과를 극대화해야 합니다.

제7장 균형 있는 성장 : 경재잠의 수련

1. 경재잠의 수양 방법

경재잠敬齋箴은 성학십도에서 심신 수양을 위한 중요한 지침으로 개인의 수양과 삶의 태도를 규율하는 실천적인 방법입니다. 경재잠은 자기 통제와 성찰을 통해 내면의 평화를 이루고 더 높은 성숙에 이르는 수양 방법을 구체적으로 제시합니다.

1-1 경재잠 : 깨어 있음과 집중

경재잠敬齋箴은 경敬을 바탕으로 자신의 마음을 다스리고 도덕적 수양을 실천하는 방법입니다. 경은 삶의 모든 순간에서 깨어 있는 태도와 깊은 주의를 유지하며 외부의 유혹이나 산만함에 흔들리지 않고 내면의 자각을 통해 자신을 성찰하는 과정입니다. 이 실천은 언행을 신중히 다스리고 내면의 평정을 유지하는 것을 핵심으로 합니다. 외적 환경에 영향을 받기보다 스스로를 지속적으로 성찰하며 인간적 완성을 향해 나아가는 것이 경재잠의 목적입니다. 경은 단순한 태도가 아니라 정신적 수양의 핵심 요소로 순간순간의 도덕적 성찰을 통해 더 나은 자신을 만들어가는 과정입니다. 이를 통해 삶 속에서 깊은 집중과 깨어있음을 실천하며 지속적인 성찰과 수양으로 진정한 인간적 성장을 이룰 수 있습니다.

1-2 경재잠의 수양 목적

경재잠은 정신적·도덕적 수양을 통해 균형 잡힌 삶을 이루고 개인의 잠재력을 극대화하는 것을 목표로 합니다. 이는 일상의 작은 습관과 행동을 바탕으로 도덕적 경지를 높이고 자기 성찰을 통해 지속적으로 성장하는 실천적 방법입니다. 이 수양법은 주의와 집중을 통해 정신적 평화와 성숙을 이루는 것을 강조하며 자기 통제와 성찰을 통해 매 순간 도덕적으로 더 나은 선택을 하도록 이끕니다. 또한 도덕적 원칙을 삶의 중심에 두고 사회적 책임을 다하는 성숙한 인격체로 성장하는 길을 제시합니다. 현대사회에서는 자기 통제와 규칙적인 생활이 성공적인 리더십과 개인적 성취의 기반이 되므로, 경재잠의 실천이 더욱 중요합니다.

2. 신체, 정신, 도덕의 균형 잡힌 발전

신체, 정신, 그리고 도덕의 균형 잡힌 발전은 인간의 완전성을 이루는 데 필수적인 요소입니다. 경재잠은 이러한 균형을 유지하기 위한 수양 방법을 구체적으로 제시하며 이 세 요소가 조화를 이루어야 건강하고 성숙한 삶을 살 수 있다고 강조합니다. 인간은 단순히 육체적 건강만을 추구하거나, 정신적 성취에만 몰두해서는 온전한 성장을 이룰 수 없습니다. 신체, 정신, 도덕의 상호 조화를 통해 삶의 조화로운 발전을 이끌어내야 합니다.

2-1 신체적 균형 : 규칙적 생활과 자기 관리

신체적 건강은 활발한 삶을 영위하는 데 필수적인 요소로 규칙적인 생활습관을 통해 유지할 것을 강조합니다. 일찍 일어나고 늦게 자지 않는 성실한 생활은 신체의 리듬을 유지하고 에너지를 보존하며 이를 통해 지속적인 활동과 성취를 가능하게 합니다.

신체의 활력은 정신적 집중력과 깊은 연관이 있습니다. 건강한 신체는 높은 집중력과 성취도를 가능하게 하며 신체적 건강이 유지될 때 도덕적 수양과 정신적 성장이 더욱 효과적으로 이루어질 수 있습니다. 이를 위해 균형 잡힌 식사, 충분한 수면 규칙적인 운동 등 자기 관리는 필수적입니다. 이러한 자기 관리는 신체적 활력을 유지하고 지속적인 성장과 성취를 가능하게 하는 중요한 역할을 합니다.

2-2 정신적 성숙 : 집중과 명상

정신적 수양은 인간의 내면을 깊이 이해하고 삶의 본질을 탐구하는 데 필수적인 요소입니다. 경재잠은 마음을 집중하고 깨어 있는 태도를 유지함으로써 정신적 명료함과 내면의 평화를 찾도록 가르칩니다.

정신적 성숙의 첫걸음은 깊은 집중력에서 시작됩니다. 경재잠은 항상 주의를 기울이는 태도를 통해 정신적 혼란이나 불안감을 다스리는 방법을 제시합니다. 이러한 집중력은 도덕적 판단과 선택의 기준을 명확히 하고 복잡한 상황에서도 올바른 결정을 내릴 수 있도록 돕습니다.

또한 명상은 정신적 발전의 중요한 수양법으로, 자신의 내면과 깊이 연결되는 것을 목표로 합니다. 명상을 통해 마음의 평화를 유지하고 외부 자극에 흔들리지 않는 정신적 안정을 얻을 수 있습니다. 이는 도덕적 성찰을 더욱 풍요롭게 하고 감정적 균형을 유지하는 데도 중요한 역할을 합니다.

2-3 도덕적 발전 : 도덕적 수양과 실천

도덕적 발전은 옳고 그름을 판단하고 사회적 역할과 책임을 다할 수 있는 성숙한 인간으로 성장하는 것을 의미합니다. 경재잠은 신체적 건강과 정신적 명료함을 바탕으로 도덕적 원칙에 따라 행동하는 삶을 강조합니다. 핵심은 끊임없는 자기 성찰과 실천입니다.

경재잠에서 중시하는 경敬은 스스로에게 도덕적 규율을 부여하고 매 순간 올바른 판단과 실천을 통해 성장하는 것을 목표로 합니다. 이러한 과정은 신체적 건강과 정신적 집중을 토대로 도덕적 성숙을 이루는 데 기여합니다. 도덕성은 이론이 아니라 일상의 실천을 통해 의미를 갖습니다. 경재잠은 작은 실천을 통해 도덕적 성숙을 이루는 방법을 제시하며 개인이 자신의 도덕적 기준에 따라 행동하도록 이끕니다. 이를 통해 공동체에 긍정적인 영향을 미칠 뿐만 아니라 리더는 도덕적 모범을 보이며 구성원들에게 책임감을 심어주는 역할을 수행할 수 있습니다.

2-4 신체, 정신, 도덕의 통합적 발전

신체적 건강, 정신적 집중, 도덕적 수양은 서로 긴밀하게 연결된 요소로 균형 있는 발전이 중요합니다. 신체적 건강은 정신적 집중력을 높이며 정신적 수양은 도덕적 판단의 명확성을 제공합니다. 도덕적 수양은 신체와 정신의 건강을 기반으로 더욱 깊이 실천될 수 있습니다. 조화로운 성장은 이 세 요소가 균형을 이루며 함께 발전하는 것 을 의미합니다. 한 가지에 치중하면 다른 요소들이 부족해져 통합적 성숙을 이루기 어려우므로 신체적 건강을 유지하면서 정신적 명료함을 기르고 도덕적 수양을 실천하는 균형 잡힌 접근이 필요합니다. 이를 통해 개인은 자기 성찰과 사회적 책임을 다할 수 있는 성숙한 인간으로 성장할 수 있습니다.

경재잠은 신체, 정신, 도덕의 균형 잡힌 발전을 위한 실천적 지침을 제공하며 이를 통해 개인은 지속적인 자기계발과 성숙을 이루고 사회에도 긍정적인 영향을 미칠 수 있습니다. 자기 관리와 내면의 성찰을 통해 통합적 발전을 실현하고 더 높은 수준의 성장과 조화로운 삶을 달성하는 것이 궁극적인 목표입니다.

3. AI시대의 평생학습과 자기 혁신

AI시대는 끊임없는 기술 발전과 사회적 변화를 가져오며 이에 발맞춘 평생학습과 자기 혁신이 그 어느 때보다 중요해졌습니다. 인공지능이 인간의 일상과 직업, 학습환경을 빠르게 변화시키는 가운데 개인이 지속적으로 성장하고 변화에 적응하기 위해서는 학습을 멈추지 않고 자기계발을 추구해야 합니다. 이는 신체, 정신, 도덕의 균형 잡힌 발전을 바탕으로 끊임없이 지식과 능력을 확장하며 새로운 도전을 맞이하는 자세를 의미합니다.

3-1 AI시대의 평생학습의 필요성

AI 기술의 급속한 발전으로 직업과 사회 구조가 빠르게 변화하면서 평생학습이 필수적이 되었습니다. 과거에는 한번의 교육으로 평생을 살아갈 수 있었지만 AI시대에는 새로운 지식과 기술을 지속적으로 습득해야 변화에 적응할 수 있습니다. AI와 자동화의 확산으로 많은 업무가 기술로 대체되는 만큼 전문성을 강화하고 경쟁력을 유지하기 위해 지속적인 기술 습득이 필요합니다.

AI 관련 역량뿐만 아니라 데이터 분석, 디지털 리터러시, 코딩 등 현대사회에서 요구되는 디지털 기술을 익히는 것이 중요합니다. 이는 단순한 생존 전략을 넘어, 더 나은 기회를 창출하고 개인의 경쟁력을 높이는 데 기여합니다. 또한 한 분야에 머무르지 않고 다양한 지식을 익히는 것이 더욱 중요해지고 있습니다. AI시대에는 융합적 사고와 폭넓은 기술을 갖춘 사람이 더 큰 경쟁력을 가지므로 자기 주도적 학습을 통해 변화에 유연하게 대응하는 능력을 키우는 것이 필수적입니다.

3-2 자기 혁신의 중요성

AI시대에는 단순한 지식 습득만으로는 충분하지 않으며 끊임없는 자기 혁신이 필수적입니다. 자기 혁신은 사고방식, 습관, 역량을 새롭게 변화시켜 지속적인 성장을 이루는 과정으로 변화하는 시대에 맞춰 자신을 재발견하고 새로운 비전을 설정하는 능력을 키우는 것이 중요합니다.

자기 혁신의 시작은 변화를 받아들이는 열린 태도에서 비롯됩니다. AI시대는 예측할 수 없을 만큼 빠르게 변화하므로 고정된 사고방식에서 벗어나 유연하게 적용하는 자세가 필요합니다. 이러한 태도가 변화는 위협이 아니라 성장의 기회로 작용합니다.

또한 끊임없는 자기 성찰과 재평가가 자기 혁신의 핵심입니다. 경재잠에서 강조하는 경敬의 정신처럼 깨어 있는 태도로 자신을 돌아보고 내면의 성장을 이루는 것이 중요합니다. 자신의 약점과 한계를 인식하고 이를 극복하려는 노력을 지속할 때 더 나은 방향으로 발전할 수 있습니다.

마지막으로 자기 혁신은 새로운 도전을 두려워하지 않는 데서 완성됩니다. AI시대의 변화는 기존 방식을 재검토하고 더 나은 방법을 찾는 능력을 요구합니다. 안전한 선택에 머무르지 않고 실패를 두려워하지 않으며 과감하게 도전하는 태도가 곧 자기 혁신을 이루는 핵심 요소입니다.

3-3 AI시대의 평생학습과 자기 혁신 전략

AI시대에는 평생학습과 자기 혁신이 체계적이고 구체적인 전략을 통해 이루어져야 합니다. 이는 지속적인 학습과 발전을 위한 목표를 설정하고 실천하는 과정으로 개인의 지속적인 성장을 위한 필수적인 요소입니다.

자기 주도적 학습 계획은 평생학습의 핵심입니다. 개인은 학습 목표를 설정하고 체계적인 계획을 수립한 후 온라인 강의, 웹 세미나, e-러닝 플랫폼 등 디지털 학습 자원을 적극 활용해야 합니다. 이를 통해 효율적인 학습이 가능해지고 새로운 기술과 지식을 효과적으로 습득할 수 있습니다.

또한 네트워크를 통한 지식 공유는 협력적 학습의 중요한 요소입니다. 다양한 사람들과의 네트워크를 통해 지식과 경험을 공유하면 학습 효과가 증대되며 혁신적 아이디어를 도출할 기회가 확대됩니다. 이러한 협력적 네트워크는 새로운 기회를 발견하고 창의적인 해결책을 모색하는 데 유용하며 개인과 조직의 성장을 촉진합니다.

평생학습과 자기 혁신은 지식 습득을 넘어 도덕적 원칙과 자기 성찰을 포함해야 합니다. 개인은 매일 자신을 돌아보고 지속적인 성장을 추구함으로써 가치 중심적인 삶을 유지하며 기술적 진보와 조화를 이루는 태도를 갖춰야 합니다.

AI시대의 평생학습과 자기 혁신은 변화하는 환경 속에서 개인의 지속적인 성장과 성공을 위한 필수 전략입니다. AI 기술의 발전은 새로운 지식과 기술 습득을 요구하며 이를 통해 더 높은 성취와 성장을 이루는 기회를 제공합니다. 경재잠이 강조하는 자기 통제와 성찰의 정신은 이러한 노력의 기반이 됩니다. 우리는 신체적, 정신적, 도덕적 균형을 유지하며 AI시대에서도 지속적인 자기계발과 혁신을 이루어야 합니다.

제8장 퇴계 철학과 현대 리더십

1. AI시대 요구되는 리더십 역량

1-1 호기심 : 변화와 혁신을 위한 열린 사고

호기심Curiosity은 변화와 혁신을 주도하는 데 있어 필수적인 리더십 역량입니다. AI시대는 빠르게 변화하는 기술과 사회적 전환을 동반하며 기존의 방식만으로는 효과적인 해결책을 찾기 어려운 시대가 되었습니다. 이에 따라 리더는 지속적으로 새로운 지식을 탐구하고 다양한 관점을 수용하며 변화에 대한 열린 태도를 유지해야 합니다.

디지털 혁신이 가져오는 불확실성 속에서 리더는 새로운 트렌드를 이해하고 이를 기회로 전환하는 역할을 해야 합니다. 이를 위해서는 몇 가지 중요한 태도를 갖출 필요가 있습니다. 먼저 기존의 고정관념을 버리고 새로운 관점을 받아들이는 자세가 필요합니다. 급변하는 환경에서 기존의 방식을 고수하는 것은 결국 도태를 의미하므로 열린 사고를 통해 새로운 기술과 아이디어를 적극적으로 탐색해야 합니다.

또한 실패를 배움의 기회로 삼아야 합니다. 혁신에는 시행착오가 필연적으로 따라오며 실패는 성장과 발전을 위한 중요한 과정입니다. 실패를 두려워하기보다는 이를 통해 배우고 지속적으로 개선해 나가는 태도가 필요합니다.

마지막으로 다양한 분야와의 융합을 시도해야 합니다. 호기심이 강한 리더는 특정 분야에 국한되지 않고 여러 학문과 기술을 연결하여 창의적인 해결책을 모색합니다. AI와 윤리, 철학과 경영 등 이질적인 분야를 융합함으로써 새로운 가치를 창출할 수 있습니다.

1-2 용기 : 윤리적 결단과 도덕적 리더십

리더십에서 용기Courage는 단순한 담대함이 아니라 옳은 가치를 지키기 위한 결단과 실천의 태도를 의미합니다. AI시대에는 빠른 변화와 복잡한 문제 속에서 윤리적 딜레마가 자주 발생하며 이에 대한 올바른 판단과 결정을 내리는 것이 리더의 핵심 역할입니다. 용기 있는 리더는 자신의 신념을 지키면서도 다양한 의견을 수용할 수 있어야 합니다.

퇴계는 학자로서뿐만 아니라 도덕적 신념을 실천하는 데 있어서도 용기를 보여준 인물이었습니다. 그는 학문적 탐구뿐만 아니라 자신의 내면을 수양하며 올바른 행동을 실천하는 것을 중요하게 여겼습니다.

퇴계는 벼슬길에 나아가면서도 부당한 권력과 타협하지 않았으며 도덕적 원칙을 지키기 위해 관직을 여러 차례 사임했습니다. 그는 개인의 이익보다 사회적 책임을 우선시했으며 학자로서 후학들에게도 바른길을 가르치기 위해 노력했습니다. 이러한 태도는 현대의 리더들에게도 중요한 교훈을 줍니다.

자신의 신념을 지키는 것은 쉽지 않지만 리더는 조직과 사회를 위해 올바른 방향을 제시해야 합니다. 때로는 비판과 어려움을 감수하면서도 공정한 결정을 내리는 용기가 필요합니다. 퇴계가 강조한 자기 수양 역시 중요한 요소로 리더는 자신의 도덕적 기준을 점검하고 올바른 행동을 실천해야 합니다.

1-3 도전 : AI시대의 불확실성 속 도전정신

AI시대는 빠른 기술 발전과 사회적 변화 속에서 끊임없는 도전 Challeng과 적응을 요구합니다. 과거의 성공 방식이 더 이상 유효하지 않을 수 있으며 새로운 문제에 대한 창의적 해결책을 지속적으로 모색해야 합니다. 이러한 환경에서 리더는 불확실성을 두려워하지 않고 변화를 기회로 삼는 도전정신을 가져야 합니다.

도전하는 리더는 실패를 성장의 과정으로 받아들이고 끊임없는 시도를 통해 조직과 사회에 긍정적인 변화를 이끌어 갑니다. AI 기술의 발전은 기존 산업과 직업의 형태를 바꾸고 있으며 리더는 이러한 변화를 능동적으로 수용하고 미래를 대비해야 합니다. 혁신적인 사고와 유연한 태도를 바탕으로 새로운 기술을 활용하는 방법을 모색하고 조직의 성장과 지속 가능성을 고려하는 것이 필요합니다.

또한 도전정신은 단순히 새로운 시도를 하는 것이 아니라 가치 있는 목표를 설정하고 끈기 있게 실천하는 태도를 의미합니다. 변화를 두려워하지 않고 지속적인 학습과 실천을 통해 조직을 성장시키는 것이 현대 리더가 갖추어야 할 핵심 역량입니다.

퇴계는 성리학을 깊이 연구하며 조선의 학문적 토대를 다진 대표적인 학자입니다. 그는 단순히 기존의 이론을 답습하는 데 그치지 않고 끊임없이 학문의 본질을 탐구하며 도전하는 태도를 견지했습니다.

성리학의 개념을 체계적으로 정리하고 조선의 현실에 맞게 발전시키려는 노력을 기울였습니다. 기존의 학설을 그대로 받아들이는 것이 아니라 이를 심층적으로 분석하고 조선의 윤리와 교육 체계에 적용하려 했습니다. 특히 주자의 학설을 비판적으로 검토하며 조선의 사회적·도덕적 상황에 맞는 해석을 제시한 것은 그의 도전정신을 잘 보여주는 사례입니다.

또한 그는 학문의 가치를 실천하는 것에도 힘썼습니다. 도산서원을 설립하여 제자들을 양성하고 배움을 단순한 이론이 아니라 삶의 원칙으로 실천할 것을 강조했습니다. 이는 단순히 학문을 연구하는 것을 넘어 사회적 책임을 다하는 리더의 모습이기도 합니다.

퇴계의 도전정신은 오늘날의 리더들에게 중요한 교훈을 줍니다. 기존의 방식을 그대로 따르는 것이 아니라 변화하는 환경 속에서 새로운 가능성을 탐구하고 도덕적 원칙을 바탕으로 사회를 발전시키는 리더십을 발휘해야 합니다. AI시대에도 이러한 태도가 요구되며 끊임없이 배우고 실천하는 자세가 지속적인 성장과 혁신을 이끌어 갈 것입니다.

1-4 협력 : 조직 내·외부 협력과 시너지

AI시대의 복잡한 문제들은 더 이상 개인이나 단일 조직이 단독으로 해결할 수 없습니다. 급변하는 환경에서 지속적인 성장을 이루기 위해서는 다양한 분야의 전문가들과 협력Collaboration하고 조직 간의 시너지를 극대화하는 것이 필수적입니다.

조직 내부에서는 부서 간 원활한 소통과 협업이 필요합니다. AI 및 디지털 기술이 업무의 자동화를 촉진하면서도 인간의 창의성과 협력을 더욱 중요하게 만들고 있습니다. 구성원들이 서로의 강점을 이해하고 협력할 때 조직의 생산성과 혁신성이 극대화될 수 있습니다.

조직 외부와의 협력 또한 필수적입니다. AI 기술의 발전은 산업 간의 경계를 허물고 있으며 기업과 학계, 공공 기관, 스타트업 간의 협업을 통해 더 큰 가치를 창출할 수 있습니다. 새로운 기술을 도입하고 이를 효과적으로 활용하기 위해서는 개방적이고 유연한 협업 체계가 필요합니다.

효과적인 협력을 위해서는 신뢰와 상호 존중이 바탕이 되어야 합니다. 구성원 간, 조직 간의 신뢰가 구축될 때 원활한 의사소통과 공동의 목표 달성이 가능해집니다. AI시대의 리더는 이러한 협력 문화를 조성하고 조직 내·외부의 다양한 역량을 하나로 묶어 시너지를 창출해야 합니다.

퇴계는 개인의 수양뿐만 아니라 공동체의 조화를 중시한 인물이었습니다. 학문과 교육을 통해 사회 전체가 성장할 수 있도록 노력했으며 개인의 성장이 결국 공동체의 발전으로 이어진다고 보았습니다.

그의 공동체 정신은 도산서원을 설립한 것에서 잘 드러납니다. 그는 지식을 전수하는 데 그치지 않고 제자들과 함께 학문을 연구하며 올바른 인간됨을 실천하는 공동체를 형성했습니다. 학문은 혼자서 이루어지는 것이 아니라 서로의 생각을 나누고 함께 성장하는 과정에서 더욱 깊어질 수 있음을 강조하였습니다.

또한 퇴계는 다양한 사상과 학문을 포용하며 융합적 사고를 실천하였습니다. 그는 기존의 철학적 개념을 시대적 상황에 맞게 재구성하는 태도를 보였습니다. 이는 오늘날 AI와 같은 신기술을 조직과 사회에 효과적으로 적용하는 데 필요한 사고방식과도 연결됩니다.

퇴계의 사상에서 배울 점은 진정한 협력은 단순한 역할 분담이 아니라 서로의 지혜를 나누고 조화를 이루는 데 있다는 것입니다. 조직이 성장하기 위해서는 구성원들이 함께 학습하고 발전할 수 있는 환경을 조성해야 하며 서로 다른 분야와의 협력을 통해 새로운 가치를 창출하는 것이 중요합니다.

AI시대의 리더는 조직 내·외부에서 효과적인 협력 체계를 구축하고 개방적 사고를 바탕으로 다양한 역량을 융합할 수 있어야 합니다. 공동의 목표를 향해 구성원들이 함께 나아갈 때 혁신과 성장이 지속될 수 있습니다.

1-5 소통 : 공감과 경청을 통한 리더십

소통은 리더십의 핵심 요소이며 조직의 신뢰를 구축하고 비전을 공유하는 데 필수적인 역할을 합니다. 특히 AI시대에는 인간 중심의 커뮤니케이션Communication이 더욱 중요해지고 있습니다. 공감적 소통은 상대의 감정과 관점을 이해하며 열린 자세로 대화하는 것을 의미합니다. 이를 통해 조직 내 신뢰가 형성되며 팀원들은 자신의 의견이 존중받고 있다고 느낍니다.

리더는 명확하고 설득력 있는 커뮤니케이션을 통해 조직의 방향성을 제시해야 합니다. 빠르게 변화하는 AI시대에서는 명확한 목표와 가치를 공유하는 것이 중요하며 이를 통해 조직이 일관된 방향으로 나아갈 수 있습니다. 효과적인 소통을 위해 리더는 복잡한 정보를 쉽게 전달하는 능력을 갖추고 상호작용을 통해 문제를 해결하는 접근 방식을 가져야 합니다.

퇴계는 제자들과의 소통을 중시한 교육자였습니다. 그는 가르침을 일방적으로 주입하는 것이 아니라 제자들과 깊이 있는 대화를 나누며 그들의 사고력을 확장시키는 방식으로 교육을 실천했습니다.

그의 대표적인 교육방식은 문답법問答法이었습니다. 질문을 던지고 토론을 유도함으로써 학습자가 스스로 사고하고 답을 찾도록 하는 방식입니다. 이를 통해 제자들은 능동적으로 사고하며 자기주도적인 학습 태도를 갖출 수 있었습니다. 현대의 리더도 이러한 방식에서 배울 점이 많습니다. 조직 내에서 구성원들이 스스로 사고하고 해결책을 찾을 수 있도록 대화하고 피드백하는 것이 효과적인 소통 방식입니다.

또한 퇴계는 인격적인 소통을 중요하게 여겼습니다. 그는 제자들에게 학문뿐만 아니라 인성교육을 강조하며 개별적인 특성과 역량을 고려하여 지도하였습니다. 이는 현대 리더십에서 강조하는 맞춤형 커뮤니케이션과도 일맥상통합니다. 구성원들의 개별적인 필요와 강점을 이해하고 이에 맞춰 소통하는 것은 조직의 성과를 극대화하는 중요한 요소입니다.

퇴계의 교육철학에서 배울 수 있는 점은, 효과적인 커뮤니케이션은 상대방을 존중하고 깊이 이해하는 과정이라는 것입니다. AI시대에도 인간 중심의 소통 방식이 강조되며 리더는 공감과 경청을 바탕으로 조직 내 신뢰를 구축하고 명확한 메시지를 전달해야 합니다.

1-6 시민의식 : 사회적 책임과 지속가능한 리더십

AI시대의 리더는 사회 전체에 긍정적인 영향을 미칠 수 있도록 공동체적 책임을 다해야 합니다. 기술의 발전은 경제적 성장과 편의를 가져오지만 동시에 불평등, 개인정보 보호, 환경 문제와 같은 새로운 사회적 도전과제를 발생시키고 있습니다. 이에 따라 리더는 지속 가 능한 미래를 위해 사회적 책임을 고려하며 윤리적이고 공정한 경영을 실천해야 합니다.

시민의식Citizenship을 갖춘 리더는 조직이 장기적으로 사회와 조화를 이루며 성장할 수 있도록 방향을 설정합니다. 환경보호, 포용적 기업문화, 윤리적 경영과 같은 요소를 리더십의 핵심 가치로 삼으며 조직이 사회적 가치를 창출하는 데 기여할 수 있도록 해야 합니다. 또한 공동체 정신을 바탕으로 한 리더십은 조직 내외의 협력과 신뢰를 강화하는 역할을 합니다. 리더는 구성원들이 사회적 가치를 존중하고 실천할 수 있도록 독려하며 공익을 위한 활동을 조직의 중요한 과제로 설정해야 합니다. 이는 기업의 지속 가능성을 높이고 구성원들에게 공동체의 일원으로서의 자부심을 심어주는 역할을 합니다.

퇴계의 철학에서 가장 중요한 개념 중 하나는 인仁 사상입니다. 그는 인간이 서로 돕고 조화를 이루며 살아가는 것이 중요하다고 보았으며 리더라면 도덕적 책임을 바탕으로 공동체의 이익을 위해 헌신해야 한다고 강조하였습니다.

퇴계는 사회 전체의 조화를 이루기 위한 공공 리더십을 중시했습니다. 그의 가르침은 개인의 수양을 넘어 주변 사람들과 사회 전체를 올바른 방향으로 이끄는 역할을 해야 한다는 점을 강조합니다. 이는 오늘날 ESG(환경, 사회, 거버넌스) 경영이나 기업의 사회적 책임CSR과도 맞닿아 있습니다.

그는 교육을 통해 지역 사회를 변화시키고자 했으며 후학들에게 올바른 가치관을 심어주기 위해 노력했습니다. 특히 퇴계가 강조한 공동체 정신은 조직과 사회가 상생할 수 있는 지속 가능한 모델을 구축하는 데 중요한 가르침을 줍니다.

퇴계의 철학에서 배울 수 있는 점은 진정한 리더십은 개인의 성공을 넘어 사회 전체에 기여하는 것에 있다는 것입니다. AI시대의 리더는 윤리적 가치와 공동체 정신을 바탕으로 지속 가능한 리더십을 실천해야 하며 조직과 사회가 조화를 이루며 발전할 수 있도록 해야 합니다.

공동체의식을 갖춘 리더는 더 나은 사회를 만드는 데 기여할 수 있도록 이끌어야 합니다. 퇴계의 인仁 사상에서 배우는 도덕적 책임과 공공 리더십의 중요성은, AI시대에도 변함없이 요구되는 가치입니다.

2. 퇴계 철학과 7가지 습관의 융합

퇴계의 철학과 스티븐 코비의 원칙 중심 리더십은 시대와 문화는 다르지만 인간 본성과 도덕적 원칙을 중시한다는 점에서 공통점을 갖고 있습니다. 퇴계는 성리학을 바탕으로 인간의 본성을 탐구하고 이를 실천하는 도덕적 수양을 강조하였으며 스티븐 코비는 리더십을 원칙과 가치 중심으로 실천해야 한다고 주장하였습니다. 두 사상은 모두 단순한 기술적 리더십을 넘어 개인의 내적 성장을 바탕으로 한 지속 가능한 리더십을 강조합니다.

2-1 인간 본성에 대한 이해

퇴계는 성리학에서 말하는 '이理'와 '기氣' 개념을 통해 인간의 본성을 설명하였습니다. 그는 인간이 본래 선한 본성을 타고났으며 이를 계발하고 실천하는 것이 도덕적 삶의 핵심이라고 보았습니다. 하지만 환경과 감정적 요소에 의해 본성이 왜곡될 수 있기 때문에, 지속적인 자기 수양을 통해 올바른 길을 찾아야 한다고 강조했습니다.

스티븐 코비 또한 인간 본성의 중요성을 강조하며 인간은 근본적으로 "자신을 변화시킬 수 있는 존재"라고 보았습니다. 그는 "원칙 중심의 삶"을 통해 인간이 본래 지닌 잠재력을 극대화할 수 있다고 하였으며 개인이 보편적인 원칙을 기반으로 행동할 때 진정한 성장을 이룰 수 있다고 강조했습니다.

두 사상은 인간이 선한 본성을 타고났으며 이를 지속적으로 계발하고 실천해야 한다는 점에서 일맥상통합니다. 퇴계의 철학이 유학적 전통 속에서 인간 본성을 수양하는 방법을 강조했다면 스티븐 코비는 이를 현대적 리더십 원칙으로 확장하여 개인과 조직의 성장을 위한 도구로 활용하였습니다.

2-2 자기 수양과 주도적 태도

퇴계는 수양修養을 인간이 가져야 할 가장 중요한 덕목 중 하나로 보았습니다. 그는 인간이 끊임없이 자기 수양을 통해 내면의 도덕적 가치를 키워야 한다고 강조했으며 이를 위해 꾸준한 학습과 실천을 실천해야 한다고 가르쳤습니다. 그의 대표적인 저서인 성학십도聖學十圖에서도 도덕적 리더십을 갖추기 위해서는 자기 수양이 필수적임을 강조했습니다.

스티븐 코비는 주도성Proactivity을 가장 중요한 리더십 요소로 꼽았습니다. 그는 리더가 외부 환경에 의해 수동적으로 반응하는 것이 아니라 자신의 가치와 원칙에 따라 능동적으로 행동해야 한다고 주장했습니다. 또한 "자신의 삶에 대한 책임을 지고 스스로 선택하는 태도가 리더십의 핵심"이라고 강조하였습니다.

퇴계가 강조한 자기 수양과 스티븐 코비의 주도적 태도는 본질적으로 같은 맥락에서 이해할 수 있습니다. 인간은 지속적으로 자신의 내면을 성장시키고 윤리적 기준을 바탕으로 자율적으로 행동해야 하며 이를 통해 조직과 사회에 긍정적인 영향을 미칠 수 있습니다.

퇴계 이황과 스티븐 코비는 인간 본성이 근본적으로 선하며 이를 계발하기 위해서는 자기 수양과 원칙 중심의 삶이 필요하다고 보았습니다. 퇴계는 전통적 유학 사상을 바탕으로 도덕적 실천과 학문적 탐구를 강조하였으며 스티븐 코비는 이를 현대 리더십에 접목하여 자기 주도적 태도의 중요성을 역설하였습니다.

두 사상이 전하는 공통된 메시지는 "훌륭한 리더는 지속적인 자기계발과 도덕적 원칙을 기반으로 조직과 사회에 긍정적인 영향을 미친다"는 것입니다. AI시대의 리더 또한 이러한 가르침을 바탕으

로 자신의 내면을 성장시키고 조직과 사회를 이끄는 역할을 수행해
야 합니다.

3. 퇴계 철학과 7가지 습관의 접점

스티븐 코비의 7가지 습관은 효과적인 리더십과 자기계발을 위
한 실천적 원칙을 제시합니다. 퇴계의 철학 또한 도덕적 수양과 실
천을 강조하며 조직과 공동체의 지속 가능한 성장을 위한 방향성을
제시합니다. 두 사상은 개인의 내적 성장과 윤리적 행동을 바탕으
로 사회와 조직의 발전을 도모해야 한다는 점에서 깊은 공통점을
갖고 있습니다.

3-1 윤리적 리더십과 비전 설정

스티븐 코비는 두 번째 습관 "끝을 생각하며 시작하라"를 통해 명
확한 비전과 목표 설정의 중요성을 강조합니다. 리더는 자신이 원
하는 최종 목표를 먼저 설정한 후 이를 실현하기 위한 방향을 결정
해야 합니다. 원칙과 가치 중심의 리더십이 중요하며 윤리적 기준
을 기반으로 한 장기적인 목표 설정이 필수적입니다.

퇴계 또한 도덕적 리더십과 비전 설정을 강조했습니다. 그는 "군
자는 마땅히 도덕을 근본으로 삼아야 한다"라고 하며 인간이 올바
른 길을 가기 위해서는 먼저 본질적인 가치를 정립해야 한다고 보
았습니다. 그는 학문과 자기 수양을 통해 리더가 스스로를 단련하

고 사회적 역할을 수행해야 한다고 강조했습니다.

두 사상의 공통점은 리더가 원칙을 바탕으로 비전을 설정하고 이를 실천하는 과정에서 윤리적 기준을 지켜야 한다는 점입니다. AI 시대에도 리더는 기술 발전과 변화 속에서도 도덕적 가치를 바탕으로 장기적인 목표를 설정하고 조직과 사회를 이끌어 가야 합니다.

3-2 상생을 위한 협력과 공감

코비의 네 번째 습관 "승-승을 생각하라"와 다섯 번째 습관 "먼저 이해하고 다음에 이해시켜라"는 효과적인 협력과 공감의 중요성을 강조합니다. 리더는 타인의 입장을 고려하고 상호 이익을 추구하는 태도를 가져야 합니다. 개인적 성공이 아니라 조직과 공동체가 함께 성장할 수 있는 방향을 모색해야 합니다.

퇴계의 철학에서도 협력과 공감은 중요한 가치였습니다. "인仁은 사람을 사랑하는 것에서 출발한다"라고 하며 인간관계에서의 배려와 존중을 강조했습니다. 제자들과의 문답을 통해 상대방의 생각을 경청하고 조화를 이루는 태도를 중시했으며 공동체의 조화를 위한 상호 이해의 중요성을 역설하였습니다.

두 사상의 핵심은 리더가 단순히 목표를 이루는 것이 아니라 타인의 입장을 이해하고 상생할 수 있도록 돕는 것이 진정한 성공이라는 점입니다. 조직 내 협력을 증진하고 다양한 이해관계자들과 신뢰를 구축하는 것이 지속적인 성장의 핵심 요소입니다.

3-3 지행합일과 지속적 혁신

코비의 일곱 번째 습관 "끊임없이 쇄신하라"는 지속적인 자기계발과 혁신을 강조합니다. 리더는 변화하는 환경에 적응하고 새로운 지식을 습득하며 끊임없이 발전해야 합니다. 이는 기술적 혁신뿐만 아니라 내면의 성장과 도덕적 성숙을 의미합니다.

퇴계는 '지행합일知行合一'을 중요하게 여겼습니다. "앎과 행동이 일치해야 한다"는 뜻으로 단순히 지식을 습득하는 것만으로는 부족하며 이를 실천해야만 진정한 의미가 있다는 철학입니다. 그는 학문을 현실과 연결하고 배운 것을 삶에서 실천하는 태도를 강조했습니다.

두 사상의 공통점은 지속적인 학습과 실천을 통해 조직과 개인이 성장해야 한다는 점입니다. AI시대에는 빠르게 변화하는 환경 속에서 끊임없이 학습하고 이를 바탕으로 새로운 혁신을 이루어야 합니다. 리더는 단순한 관리자가 아니라 끊임없이 배우고 실천하는 본보기가 되어야 합니다.

퇴계의 철학과 코비의 7가지 습관은 시대와 배경이 다르지만 윤리적 리더십, 협력과 공감, 지속적인 혁신과 실천이라는 측면에서 공통점을 갖고 있습니다. 현대 리더는 AI시대의 변화를 받아들이면서도 올바른 가치를 기반으로 지속 가능한 리더십을 실천해야 합니다.

퇴계가 강조한 도덕적 수양과 실천, 그리고 코비가 강조한 원칙 중심의 리더십은 AI시대에도 변하지 않는 핵심 가치이며 이를 바탕으로 조직과 사회의 지속적인 성장을 이끌어야 합니다.

AI시대를 위한 도덕적 리더십의 방향

1. 동서양 지혜의 통합과 리더십의 미래

동서양의 지혜를 융합하여 미래 리더십의 방향을 모색하는 것은 이 책의 핵심 목표 중 하나입니다. 퇴계 이황의 성리학은 도덕적 수양과 내면의 성찰을 강조하며 개인의 도덕적 완성이 사회적 조화로 이어진다고 보았습니다. 반면 스티븐 코비의 리더십 이론은 목표 지향적 접근과 실용적 전략을 통해 개인과 조직의 성장을 실현하는 데 초점을 맞춥니다. 두 사상은 서로 다른 배경을 가졌지만 인간 본연의 가치와 리더십의 중요성을 강조한다는 점에서 상호보완적입니다.

AI시대에는 기술적 혁신이 인간의 역할과 리더십의 개념을 변화시키고 있습니다. 이에 따라 도덕적 기준을 지키고 인간적 가치를 실현하는 리더십이 더욱 중요해지고 있습니다. 퇴계의 철학은 리더가 내적 성찰을 통해 올바른 가치관을 확립하도록 하며 스티븐 코비의 원칙은 이를 실천으로 옮기는 구체적인 방법을 제공합니다. 따라서 동서양의 지혜를 통합하면 도덕적 기반을 바탕으로 실천적인 리더십을 발휘할 수 있습니다.

통합적 리더십은 AI시대의 복잡하고 불확실한 환경 속에서 더욱 요구됩니다. 기술이 발전할수록 인간적 가치와 윤리적 판단이 더욱 중요해지고 있으며 리더는 이를 바탕으로 조직과 사회를 이끌어야 합니다. 동양의 철학은 리더가 도덕적 지침을 세우는 데 도움을 주고 서양의 리더십 이론은 이를 실행 가능한 목표와 전략으로 구체화합니다. 이러한 접근을 통해 리더는 기술과 인간성을 조화롭게 결합하며 지속 가능한 발전을 이끌어 갈 수 있습니다.

도덕적 성찰과 실천적 리더십의 결합은 AI시대에서 인간 중심의 리더십을 실현하는 강력한 도구가 됩니다. 동서양의 지혜를 융합한 리더십은 지속 가능한 발전을 이끌어가며 조직과 사회에 긍정적인 변화를 가져오는 중요한 역할을 하게 될 것입니다.

2. AI시대를 이끌어갈 리더들에게 전하는 메시지

AI시대의 리더는 기술적 역량뿐만 아니라 인간적 덕목과 도덕적 리더십을 갖춰야 합니다. AI 기술이 업무 자동화와 효율성을 높였지만 인간 고유의 창의성과 도덕적 판단, 공감 능력은 여전히 대체될 수 없는 중요한 요소입니다. 기술이 발전할수록 리더는 인간 중심의 가치를 더욱 중시하며 조직 내 신뢰를 형성하고 긍정적인 변화를 이끌어야 합니다.

퇴계의 철학에서 강조된 인의 실천, 자기 수양, 협력의 가치는 AI 시대 리더에게도 시사하는 바가 큽니다. 리더는 기술을 활용해 조직의 성과를 높이는 것뿐만 아니라 구성원들이 소속감을 느끼고 동기부여를 받을 수 있도록 인간 중심의 조직문화를 조성해야 합니다. 또한 변화에 빠르게 적응하고 지속적인 학습을 실천해야 합니다. AI 기술이 급속도로 발전하는 환경에서 새로운 지식과 역량을 습득하는 것은 리더에게 필수적인 덕목입니다.

윤리적 리더십 또한 AI시대에 더욱 강조됩니다. AI는 개인 정보 보호, 공정성, 책임 있는 기술 사용 등의 윤리적 문제를 수반하기 때문에 리더는 명확한 도덕적 기준을 설정하고 이를 바탕으로 조직을 운영해야 합니다. 퇴계의 철학은 리더가 스스로 도덕적 기준을 확립하고 올바른 가치관을 실천하도록 이끄는 역할을 합니다. 윤리적 리더십은 조직뿐만 아니라 사회적 신뢰를 형성하는 중요한 요소입니다.

또한 AI시대에는 협력과 공감 능력이 더욱 중요해집니다. 자동화가 확대되더라도 조직 내 소통과 인간적인 유대감은 유지되어야 합니다. 리더는 구성원의 입장에서 생각하고 그들의 어려움을 이해하며 이를 바탕으로 효과적인 소통을 이끌어야 합니다. 이는 조직의 결속력을 강화하고 공동의 목표를 달성하는 원동력이 됩니다.

마지막으로 빠르게 변화하는 환경에서 리더는 조직의 방향성을 명확히 제시해야 합니다. AI시대에는 변화의 속도가 빠르므로 리더는 명확한 비전을 설정하고 전략을 수립하여 구성원들이 변화에 유연하게 적응할 수 있도록 이끌어야 합니다. 변화 관리 능력을 갖춘 리더만이 조직을 지속 가능한 성공으로 이끌 수 있습니다.

AI시대의 리더는 기술적 역량과 함께 인간적 덕목과 도덕적 리더십을 균형 있게 갖추어야 합니다. 끊임없는 자기 수련과 구성원과의 공감을 통해 조직을 강화하고 윤리적 기준을 바탕으로 지속 가능한 성장을 이루어야 합니다. 이러한 덕목은 시대가 변하더라도 리더십의 본질로 남아, 조직과 사회에 긍정적인 변화를 이끌어낼 것입니다.

3. 지속 가능한 발전을 위한 제언

AI시대는 기술 혁신과 경제 발전의 가능성을 확대하고 있지만 지속 가능한 발전은 단순한 기술적 진보만으로 이루어지지 않습니다. 환경보호, 사회적 포용, 책임 있는 경제 성과가 조화를 이루어야 하며 이를 실현하기 위해서는 윤리적 리더십과 사회적 책임이 필수적입니다.

환경보호는 지속 가능한 발전의 핵심 요소입니다. 기술 발전이 자원 고갈과 환경 파괴를 초래할 수 있는 만큼 AI와 같은 신기술을 책임감 있게 활용해야 합니다. AI 기반의 에너지 효율화, 환경 예측 시스템 등을 통해 탄소 배출을 줄이고 친환경적인 자원 활용을 촉진하는 노력이 필요합니다. 기업 역시 친환경 경영을 실천하며 지속 가능한 방식으로 생산성과 효율성을 높여야 합니다.

사회적 포용과 공정성 또한 필수적입니다. 기술 발전이 빠를수록 사회적 격차가 심화될 가능성이 있으며 이를 방지하기 위해 경제적 불평등 해소와 사회적 약자를 위한 지원이 필요합니다. 리더는 포용적 정책을 통해 모든 계층이 발전의 혜택을 누릴 수 있도록 해야 하며 기술 변화에 대비한 재교육 및 직업 전환 지원을 강화해야 합니다.

경제적 발전은 지속 가능한 사회를 위한 중요한 요소이지만 윤리적 기준과 사회적 책임이 반드시 수반되어야 합니다. 기업은 단순한 이윤 추구를 넘어 사회적 가치 창출에 기여해야 하며 AI를 활용한 책임 경영과 윤리적 의사결정을 실천해야 합니다. 투명한 경영과 자원의 공정한 배분을 통해 사회적 신뢰를 구축하는 것이 장기적인 지속 가능성을 보장하는 길입니다.

지속 가능한 발전은 개별 국가나 조직이 단독으로 해결할 수 없는 공동의 과제입니다. 국가, 기업, 비정부 기구NGO, 그리고 개인이 협력하여 지속 가능한 발전 목표를 달성하기 위한 노력이 필요합니다. 기술과 정보의 공유, 국제 협력 프로젝트, 환경보호 및 사회적 격차 해소를 위한 연대 강화가 필수적입니다.

미래세대를 위한 교육 또한 중요한 과제입니다. 윤리적 의사결정, 환경보호, 사회적 책임에 대한 인식을 높이고 AI시대에 필요한 기술적 역량과 도덕적 판단력을 배양하는 교육이 강화되어야 합니다. 지속 가능한 발전을 위한 가치와 책임의식을 함양하는 커리큘

럼을 도입하고 평생학습의 기회를 제공해 미래 리더들이 책임감 있는 사회적 역할을 수행할 수 있도록 해야 합니다.

지속 가능한 발전은 환경보호, 사회적 포용, 경제적 책임의 균형을 바탕으로 이루어져야 합니다. 이를 실현하기 위해서는 윤리적 리더십과 국제적 협력이 필수적이며 개별 조직과 사회가 함께 해결책을 모색해야 합니다. 미래세대가 지속 가능한 사회를 유지하고 발전시킬 수 있도록 지금부터 적극적인 노력이 필요합니다.

AI시대에도 변하지 않는 가치, 인간다움을 지키는 길

권순태/ 국립안동대학교 제8대 총장

책을 접하면서 내용을 읽기도 전에 궁금해지는 점이 있었다. 과연 16세기 조선시대에 살았던 퇴계 이황과 20세기 지구 반대편에 살았던 스티븐 코비, 그리고 AI가 무슨 연관성이 있는 것일까에 대한 의문이다. 그러나 저자는 독자의 이러한 궁금증에 너무나 논리적이고 심도 있게 그 해답을 제시하고 있다.

AI 기술이 급속도로 발전하며 우리의 삶과 사회 구조가 변화하는 시대, 우리는 기술의 진보 속에서도 '인간다움'과 '도덕적 가치'를 어떻게 유지할 것인가에 대한 질문을 던져야 한다. AI는 놀라운 연산 능력과 효율성을 바탕으로 우리의 일상과 산업을 변화시키고 있지만, 인간만이 가질 수 있는 윤리적 판단과 사회적 책임 문제는 여전히 우리에게 중요한 과제로 남아 있다. 이러한 시대적 요구 속에서, 『코비가 묻고 퇴계가 답하다』는 단순한 기술적 대응이 아닌, 인문학적 통찰과 실천적 리더십의 중요성을 강조하는 탁월한 저작이다.

퇴계 이황의 『성학십도聖學十圖』와 스티븐 코비의『성공하는 사람들의 7가지 습관』을 융합하여 AI시대에 적합한 리더십 모델을 제시했다는 점에서 이 책의 가치는 더욱 빛난다.

오늘날 AI는 의료, 금융, 교육, 행정 등 모든 분야에서 중요한 역할을 하고 있다. 그러나 AI가 아무리 정교해지더라도, 그것이 도덕적 판단을 내리고 인간의 존엄성과 가치를 고려하는 것은 아니다. 우리가 AI를 올바르게 활용하기 위해서는 인문학적 사고를 바탕으로 한 윤리적 리더십이 필수적이다. 이 책은 퇴계의 철학을 통해 윤리적 판단의 중요성을 강조하며, 스티븐 코비의 실천적 원칙을 적용하여 AI시대에서도 변하지 않는 '인간 중심의 리더십' 방향을 제시하였다. 퇴계가 강조한 자기 수양, 도덕적 실천, 공공선에 대한 책임이 현대적 리더십 모델과 조화롭게 결합되어 AI시대에도 변하지 않는 가치로 자리잡을 수 있도록 한다.

책에서 가장 흥미로운 부분은 퇴계 이황의『성학십도』철학을 스티븐 코비의『7가지 습관』에서 제시한 리더십의 실천법을 연결하여, '현대 사회에서 실천이 가능한 리더십' 모델을 제시했다는 점이다. 퇴계는 지행합일知行合一, 즉 아는 것과 실천하는 것이 일치해야 한다는 원칙을 강조하며, 도덕적 리더십은 이론이 아니라 실제 삶 속에서 실천해야 한다고 보았다. 이는 스티븐 코비가 강조한 자기 주도적 사고, 비전 설정, 공감적 소통, 원칙 중심의 삶과 일맥상통한다.

책에서는 퇴계와 코비의 사상을 통해 다음과 같은 '융합 모델'을 제시하고 있다. 첫째는 '태극과 자기 인식'이다. 태극의 원리는 자기 자신을 이해하고 리더로서 자신의 위치를 설정하는 것과 연결된다. 이는 '주도적이 되라'는 코비의 원칙과 맞닿아 있다. 둘째는 '서명과 사명 설정'이다. 서명西銘에서 말하는 인간의 본질적 역할과 책임은 코비의 '끝을 생각하며 시작하라'는 습관과 연관된다. 셋째는 '숙흥야매잠과 하루'이다. 숙흥야매잠夙興夜寐箴의 원칙은 시간관리와 자기관리 실천을 강조하며, 이는 코비의 '소중한 것을 먼저 하라'는 현대적 리더십의 원칙으로 발전할 수 있다. 이러한 융합적 접근은 퇴계 철학이 단순한 과거의 유산이 아니라, 현대인의 삶과 조직에서 실천될 수 있는 현실적인 지침이 될 수 있음을 보여준다.

특히 대학생들과 청년들에게 이 책이 주는 교훈은 더욱 깊다. 미래 사회의 리더가 될 청년들은 AI시대의 도전에 대응할 수 있는 도덕적 판단력과 실천력을 함양해야 한다. 기술이 모든 문제를 해결해줄 것이라는 환상에서 벗어나, 자기 주도적 사고와 올바른 가치를 기반으로 한 행동이 리더십의 핵심 요소임을 깨닫는 것은 매우 중요하다. 책에서 제시하는 『성공하는 사람들의 7가지 습관』과 '퇴계 철학'의 융합 모델은 학생들이 자신의 삶을 주체적으로 설계하고, 사회적 가치와 개인적 성공을 조화롭게 이루어가는 방향을 제시하고 있다. 청년들은 이를 통해 변화에 흔들리지 않는 자기 확신을 가지고, 윤리적 가치와 도덕적 리더십을 실천할 수 있는 미래형 리더로 성장할 수 있을 것이다.

AI시대에도 변하지 않는 인간 중심 가치를 고민하는 이들에게, 이 책은 단순한 이론서가 아닌 실천을 위한 지침서가 될 것이다. 또한 미래를 준비하는 대학생뿐만 아니라 조직의 리더, 교육자, 연구자 모두에게 깊은 통찰을 제공하며 현대 사회에서 도덕적 리더십과 실천적 철학이 어떻게 조화를 이루어야 하는지를 탐구할 매우 적절한 기회를 제공하고 있다. 미래에 다가올 5차산업혁명시대에는 인간은 AI라는 머슴을 고용하고 문화와 예술을 즐기는 또 다른 형태의 양반사회를 맞이하게 될 것으로 예측하고 있다. AI가 아무리 발달하여도 인간이 쌓아온 윤리와 인문학적 가치를 대체할 수는 없기 때문이다.

퇴계 이황과 스티븐 코비의 사상을 바탕으로 자기 자신을 계발하고, 조직과 사회 속에서 윤리적 리더십을 실천하려는 이들에게 이 책이 훌륭한 길잡이가 되기를 바란다. 이 책을 통하여 변화하는 환경 속에서도 흔들림 없이 자신의 가치와 방향을 찾고 AI시대 속에서도 진정한 인간 중심 리더십을 실천하는 이들이 많아지길 기대한다.

1. 한형조, 『성학십도』(자기 구원의 가이드 맵), 한국학중앙연구원출판부, 2018년

2. 스티븐 R. 코비, 『성공하는 사람들의 7가지 습관』, 김경섭 옮김, 김영사, 2017년

3. 스티븐 R. 코비, 『원칙 중심의 리더십』, 김경섭 옮김, 김영사, 1994년

4. 조셉 캠벨, 『신화와 인생』 박중서 옮김, 갈라파고서, 2009년

5. M. 스캇 펙, 『아직도 가야 할 길』, 정윤미 옮김, 열음사, 1993년

6. 김상균, 『AI x 인간 지능의 시대』, 베가북스, 2024년

7. 이재현 외 공저, 『나만 알고 싶은 AI 활용 교과서』, 박영사, 2025년

8. 권오봉, 『퇴계 선생 일대기』, 교육과학사, 2013년

9. 김병일, 『퇴계처럼』, 한국국학진흥원, 2012년

코비가 묻고 퇴계가 답하다

지은이_ 이재헌
펴낸이_ 조현석
펴낸곳_ 북인
디자인_ 푸른영토

1판 1쇄_ 2025년 04월 07일

출판등록번호_ 313 - 2004 - 000111
주소_ 서울 마포구 동교로19길 21, 501호
전화_ 02 - 323 - 7767
팩스_ 02 - 323 - 7845

ISBN 979-11-6512-505-9   03810
ⓒ이재헌, 2025